縁の下のチカラモチャー

～魔王討伐したら若返ったので、学園で陰からサポートします～

著 ポルカ
ill. 桑島黎音

「やぁあ！」

ヴェネットの剣速がさらに上回っていく。

17連撃、18連撃、19連撃……。

ヴェネット
サクヤ

フユナ
「……う、嘘だ……！」
異次元すぎて、フユナの顎が震えた。
驚くべきことに、
男はまだ飄々と防ぎ続けている。

「先輩はいずれ、最強の剣使いになりますよ」
「……サクヤ……」

縁の下のチカラモチャー
～魔王討伐したら若返ったので、
学園で陰からサポートします～
著 ポルカ
ill. 桑島黎音

口絵・本文イラスト：桑島黎音
デザイン：ＡＦＴＥＲＧＬＯＷ

CONTENTS

UNSUNG HERO
"CHIKARAMOCHER"

第1話　魔王《まおう》との戦い

「απόγευμα αιώναςέκρηξη έκρηξις……」

魔王の前に立つ黒衣《こくえ》の美女が、奇妙《きみょう》な詠唱《えいしょう》を紡《つむ》いだ。

刹那《せつな》、天井《てんじょう》を貫《つらぬ》いて頭上から降ってきたのは、5つの光り輝《かがや》く剣《けん》。

「──ぐわぁぁぁ!?」

剣が雪の結晶《けっしょう》を作るように、向き合っていた勇者パーティの一人、魔術師の男に次々と突《つ》き刺《さ》さった。

血の臭《にお》いが立ち込《こ》める。

魔術師は二度と立ち上がらないとわかるような、力ない倒《たお》れ方をした。

「シュバルツくん!?」

「くそ、ダンテに続いてシュバルツまでやられた！」

二人目の犠牲者《ぎせいしゃ》に、勇者パーティの面々に動揺《どうよう》が走る。

シュバルツと呼ばれた魔術師はこの勇者パーティの最大火力であった。

四元素魔法を自在に操《あやつ》り、魔界に入ってからも数々の窮地《きゅうち》を打開してきた中心人物。

「……な、なんて強さだ、あいつ……！」

パーティの一人、盾職《タンカー》の男であるゾッポが呻《うめ》く。

その隣《となり》でアラービスという名の長髪《ちょうはつ》の男――彼《かれ》こそ選ばれし勇者――が忌々《いまいま》しそうに、顔を歪《ゆが》めた。

「……あれが噂《うわさ》の『煉獄の巫女《アシュタルテ》』か」

銀色の髪《かみ》をソバージュにし、黒衣をまとった悪魔の女に、勇者たちは手を焼いていた。

煉獄の巫女《アシュタルテ》は特殊《とくしゅ》能力として、主《あるじ》である魔王へのダメージを自身が引き受けることができる。

しかし、それだけではない。

その身に受けたダメージを蓄積《プール》し、それを【怨嗟《えんさ》】として自身の攻撃《こうげき》に乗せてくるのである。

倒すには蓄積《プール》できる量以上のダメージを加えるしかないのだが、勇者パーティが全力でかかっても、それを為《な》すことはできなかった。

結果、【怨嗟】の乗った反撃《カウンター》を受け、勇者パーティが次々と崩壊《ほうかい》させられているのである。

「魔王め、あんなのを従えやがって……どうするアラービス」

なすすべを失い、兜《かぶと》の奥《おく》から青ざめた顔を覗《のぞ》かせるゾッポ。

「……くそっ」

アラービスが煉獄の巫女《アシュタルテ》の背後で悠々《ゆうゆう》としている魔王を睨《にら》む。

「くく。以前の勇者どもの方が歯応《はごた》えがあったなぁ」

魔王は紅蓮《ぐれん》の両手剣《グレートソード》を片手で悠々と担《かつ》ぐと、その口元を歪めるように笑った。

自身の強さもさることながら、魔王はこのように『ソロモン七十二柱』と呼ばれる大悪魔を召喚《しょうかん》する。

『ソロモン七十二柱』はたった1体で1万の天使の軍団に匹敵《ひってき》すると言われる魔界の公爵《こうしゃく》たちであり、敵対勢力とされる天使には渡《わた》り合える者がいない。

そのような強大な大悪魔が72柱も存在する中で、魔王はこの煉獄《アシュタルテ》の巫女を特に好むことが幾多《いくた》の文献《ぶんけん》に残されている。

約20年前に挑《いど》んだ先代勇者パーティも、煉獄《アシュタルテ》の巫女たった1体によってほぼ壊滅《かいめつ》となった。

「──おのれ！」

女の魔術師メラニーが、勇者たちの背後で使い慣れた魔法の詠唱を完成させた。

「破ってみせる！〈聖なる十字架《ホーリークロス》〉」

声高に放たれたのは、1体の悪魔を十字架《じゅうじか》に拘束《バインド》し、行動を封《ふう》じてしまう高位の光属性魔法。

効果は5分と長く、今まで相対してきた悪魔、魔人将《アークデーモン》とて決して抗《あらが》うことのできなかった魔法であった。

「ナイス、メラニー！」

「これで──！」

仲間が歓喜《かんき》し、武器を構え直す。

魔界に入ってからはこの強力な対悪魔魔法《アンチデビルスペル》に幾度《いくど》となく助けられてきたのだ。

メラニーから放たれた巨大《きょだい》な十字架は、前衛に立つ煉獄《アシュタルテ》の巫女を拘束せんと白い光を残しながら飛んでいく。

しかし煉獄《アシュタルテ》の巫女がそのすらりとした両手を突き出すと、なんとその十字架は、焼け石に落ちた水滴《すいてき》のように霧散《むさん》してしまった。

「……えっ……？」

「う、嘘《うそ》だろ……【無効化】かよ」

「……光属性の〈聖なる十字架《ホーリークロス》〉が……なぜ」

開いた口が塞《ふさ》がらない勇者パーティの面々。

悪魔でありながら煉獄の巫女《アシュタルテ》には光属性攻撃が通じないことを、勇者パーティの彼らは知らなかった。

「くっくっく。愚《おろ》かなことを」

魔王が高笑いし、煉獄の巫女《アシュタルテ》へと指示を出す。

「*απόγευμα αιώναςέκρηξη έκρηξις*……」

絶望が勇者パーティを染め上げる中で、死への詠唱が響《ひび》き渡る。

目を閉じて口ずさむ煉獄の巫女《アシュタルテ》の顔には冷酷《れいこく》な、しかし澄《す》んだ美しさが宿っていた。

――ドドドドドッ。

降り注ぐ5つの剣。

メラニーは呆然《ぼうぜん》とした表情のまま、剣に貫かれて息絶えた。

「……打つ手がない……！」

勇者アラービスが、血の気の引いた顔で呟《つぶや》く。

物理・魔法攻撃で押《お》しきれない。

行動抑制《よくせい》も通じない。

おまけにあっちは遠隔《えんかく》から剣を降らせて攻撃してくる。

（誰《だれ》か、仲間に頼《たよ》るんだ。こいつら、仮にも勇者パーティだぞ）

アラービスが、生き残った仲間をさっと見渡《みわた》す。

残っているのは、自分を除いて3人。

まず〈光の聖女〉なるミエル。

彼女《かのじょ》は先程《さきほど》からずっと両手を前に突き出し、額に汗《あせ》を浮《う》かべながら魔王に対抗《たいこう》する魔法を唱え続けている。

これはミエルにしかできず、ミエルが詠唱を中断すると魔王が浮遊《ふゆう》可能となってしまう上に、味方が瘴気《しょうき》に毒されて行動制限がかかってしまう。

そのため、戦力としては期待できない。

次にさっきから無言のパーティ最年長、25歳《さい》の僧戦士《クルセイダー》サクヤ。

数ある宗派の中で唯一《ゆいいつ》、剣を持つことを許す『漆黒の異端教会《ブラック・クルセイダーズ》』の僧戦士《クルセイダー》で、前衛としても、回復職《ヒーラー》としても活躍《かつやく》できる。

なお僧戦士《クルセイダー》なら、わざわざマイナーな『漆黒の異端教会《ブラック・クルセイダーズ》』の者でなくとも、主神クラスの『光の神ラーズ』や『大地母神エリエル』の司祭を起用すればよかったのだが、悪魔たちの生態に詳《くわ》しく、魔界での行動経験を持ち合わせていたことから今回サクヤが採用となっている。

だがアラービスはサクヤが内心、気に食わなかった。

たかが僧戦士《クルセイダー》で剣に関するスキルは皆無《かいむ》なくせに、剣を合わせると、勇者たる自分の剣を明らかに上回るような動きを見せるのが鼻持ちならなかったのである。

(見ろ、今なんか全然役立っていないじゃないか)

この場面では本来の回復職《ヒーラー》たる聖女ミエルが瘴気緩和《かんわ》で動けないいため、サクヤが回復職《ヒーラー》を担《にな》っていたが、仲間は一撃で即死《そくし》してしまうため、存在価値がまるでなかった。

(この男は俺《おれ》の100分の1も働いていない)

アラービスが鼻を鳴らす。

実はアラービスがこの男を気に食わないのには、もうひとつ理由がある。

アラービスがもう一度、ミエルに視線を走らせた。

「…………」

だがアラービス自身、それを認めるのが屈辱《くつじょく》だった。

アラービスが、最後の仲間に目を向ける。

「今いちばん頼れるのは……やはりゾッポか」

勇者が目を向けたのは、この盾職《タンカー》たる男である。

ゾッポは巨人《きょじん》アトラスの物理攻撃すらも阻《はば》むと名高い『聖《せい》なる鎧《よろい》リンドビューズ』を身にまとっている。

かの鎧ならば、煉獄《アシュタルテ》の巫女の剣の攻撃であろうと、防いでくれるだろう。

「ゾッポ――!」

アラービスは叫《さけ》びながら、過去の勇者たちが使い続けた『勇者リトの剣』を右手で握《にぎ》りしめた。

(ゾッポが盾《たて》となってくれている間に、自分が……歴代最強と謳《うた》われたこの勇者の力で、魔王を葬《ほうむ》る！)

刹那、勇者が目を見開いた。

「ぐぶっ……」

ゾッポは、光り輝く5つの剣に串刺《くしざ》しにされていた。

『聖なる鎧リンドビューズ』すらも、やすやすと貫かれて。

ゾッポが人形のように倒れ込んだ。

そのまま動かなくなる。

「くそ……これまでだ」

勇者が苦虫を噛《か》み潰《つぶ》したような表情になると、持っていた『勇者リトの剣』を足元に捨てた。

それを横目で見た聖女ミエルが目を見開く。

「……アラービス！　なにを」

魔王もそれを見て、その彫《ほ》りの深い顔で眉《まゆ》をひそめた。

「魔王、見ての通り降参だ。俺たちが人間としてお前たちの捕虜《ほりょ》になろう。お前たちが知らぬ、この世界のありとあらゆる情報を教えてやる。だからせめて俺と、ミエルの命だけは――」

「――馬鹿《ばか》め」

魔王がニヤリと笑い、煉獄の巫女《アシュタルテ》の背後から紅蓮の両手剣《グレートソード》を振《ふ》り下ろした。

斬《き》りつけられた煉獄の巫女《アシュタルテ》が悲鳴を上げ、ダメージを身に蓄積《プール》する。

「煉獄の巫女《アシュタルテ》、放て」

残酷《インヒューマン》に斬撃《ざんげき》を繰《く》り返した魔王が、煉獄の巫女《アシュタルテ》へと指示する。

「ま、待て……!」

次の展開を予想したアラービスの顔が青ざめる。

「*απόγευμα αιώναςέκρηξη έκρηξις*……」

血まみれになり、激痛に震《ふる》えながらも、蓄積《プール》したダメージを【怨嗟】に変えた煉獄の巫女《アシュタルテ》が、静かに詠唱を紡ぎ始める。

「くそ、やめろ!」

勇者が後ずさりながら、尻餅《しりもち》をついた。

「それで勇者を名乗るか、アラービスとやらよ。お前は誇《ほこ》りもない、かつてない腰抜《こしぬ》けだ。死して魔界の塵《ちり》となれ。ファッハッハッハ!」

魔王が血濡《ちぬ》れた両手剣《グレートソード》を担いだまま、高笑う。

「――死ぬのはお前だよ」

しかしその時、一人の男が呟いた。

同時に左手がその胸の前で、片手だけで合掌《がっしょう》の形をとる『片合掌』をする。

次の瞬間《しゅんかん》、煉獄の巫女《アシュタルテ》の傷が癒《い》えるとともに、空から召喚される5つの剣。

それが降り注ぎ、雪の結晶を作るように体を貫いた。

魔王の体を。

「な……に……⁉　ごぶっ」

魔王が片膝《かたひざ》をつく。

「――サクヤ！」

ミエルが両手を前に突き出したまま、歓喜の声を発した。

「やっと捕《と》らえたぜ……煉獄の巫女《アシュタルテ》を」

サクヤが奇怪《きっかい》な文字の描《えが》かれた六角形の石板を掲《かか》げる。

すると突然《とつぜん》、煉獄の巫女《アシュタルテ》がうめき声を発して身悶《みもだ》えし始めた。

瞬《また》く間にその石板に煉獄の巫女《アシュタルテ》が吸い込まれていく。

サクヤが石板を自身の胸当てに空いていた六角形の台座に嵌《は》めると、目を閉じた煉獄の巫女《アシュタルテ》の清《せい》楚《そ》な顔がそこに現れた。

「貴様……我《わ》が配下を捕らえただと……？」

さっきとは打って変わって、魔王が地の底から響くような怒《いか》りの声を発した。

ほとんど知られていないが、『漆黒の異端教会《ブラック・クルセイダーズ》』の僧戦士《クルセイダー》は、石板を用いて悪魔を調教する術を持っている。

「なんだと……⁉」

「す、すごいわサクヤ！」

だから勇者アラービスや聖女ミエルも、その驚《おどろ》きを隠《かく》せなかった。

「おのれ、我が煉獄の巫女《アシユタルテ》を！」

怒声《どせい》を発した魔王がサクヤをぎろりと睨むと、その身から血を滴《したた》らせたまま、剣を持たぬ左手を床《ゆか》に向けてかざす。

だが煉獄の巫女《アシユタルテ》の【怨嗟】の乗った一撃が相当効いているのか、その動作は緩慢《かんまん》だった。

「ミエル！　アラービス！　今だ！」

サクヤが叫んだ。

「言われるまでもない！」

アラービスが足元の剣を拾うと、魔王に向かって駆《か》け出した。

聖女ミエルも対抗魔法を中断し、意を決して別の魔法を詠唱し始める。

全《すべ》てをかけた、最後の大勝負である。

「〈魔を咎める光《ブライトカウンター》〉」

勇者アラービスの剣に、眩《まぶ》しいまでの光が宿る。

この魔法により、武器は悪魔に対して破滅《はめつ》の凶器《きようき》と化す。

「貴様だけは許さん……我が配下を使役《しえき》し、我を傷つけるとは……なんたる屈辱！」

魔王は片膝をつきながらも、左手で複雑な印を結び、詠唱を再開する。

「――死に晒《さら》せぇぇ魔王！」

勇者アラービスがその横から駆け込んで、光り輝く『勇者リトの剣』を突き出す。

魔王は駆け寄ってくる勇者など目もくれず、サクヤだけを睨んで一心に魔法を詠唱している。

「――ぐぶっ」

勇者リトの剣が、魔王の心臓を貫いた。

魔王の手から、紅蓮の両手剣《グレートソード》が落ち、床を鳴らす。

「よっしゃぁ！　討《う》ち取ったぞ！」

返り血を浴びながら、歓喜する勇者。

それでも魔王は目の前の勇者ではなく、サクヤを睨み続ける。

「くくく……我はすぐに蘇《よみがえ》ってみせる。サクヤとやら、お前は『死の997回廊《ナインナインセブンギャラリア》』で腐《くさ》り死ぬがよい」

魔王が魔法の詠唱を終え、サクヤに向かって左手を突き出した。

「――ぐっ」

ふいに真っ黒な波動にサクヤが包まれる。

「貴様さえ……貴様さえ死ねば、地上は我らの世界……！　かつてないほどに面白《おもしろ》かったぞ！　我に楯突《たてつ》いたその名、覚えておいてやろう！」

魔王が血を吐《は》きながら、不敵な表情で笑う。

生き残った二人の仲間が目を見開いた。

「サクヤ！　――いやぁぁぁ！」

聖女ミエルの悲痛な叫びが発せられるのと、魔王が崩《くず》れ落ちるのはほぼ同時だった。

第2話　どんだけ回廊《かいろう》？

苔《こけ》のにおいだ。

耳を澄《す》ますと、どこかで水が滴《したた》る音もする。

背中の石畳《いしだたみ》が冷たい。

「俺《おれ》はいったい……ごほっ」

目を開け、上半身を起こし、記憶《きおく》を探《さぐ》る。

そこで自分は勇者アラービスたちとともに魔界《まかい》に入り、魔王との戦いに臨《のぞ》んだことを思い出す。

「ごふっ……そうだ、俺は……」

魔王の最期《さいご》の呪詛《じゅそ》を喰《く》らい、その中で意識を失ったのだ。

最期に奴《やつ》は俺をどこかに送ると言っていた。

なんて言ってたかな……と考えながら、俺は立ち上がり、あたりを見回した。

魔法の明かりで照らされたそこは、寺院の回廊のような構造になっていることに気づく。

人が住んでいないらしく、石畳の隙間《すきま》からは苔や植物が好き放題に生えている。

「うっ……げほっげほっ」

そこで、自分の呼吸がままならなくなっていることに気づいた。

「そうか、瘴気《しょうき》……」

俺は片膝《かたひざ》をつきながら理解する。

ここにも魔王が放っていたような瘴気が立ち込《こ》めているようだ。

耐性《たいせい》のない者が瘴気を吸い続けると、毒のような持続ダメージを受けてしまう。

自分は瘴気から身を護《まも》る結界は展開できない。

周りを見るが、それが可能なミエルは近くにいない。

「まずい……な……」

回復魔法《ヒール》で回復させてみるが、焼け石に水。

これは終わったな、と俺は崩《くず》れ落ち、石畳に転がる。

目の前が白くなっていく中で、自分の胸の石板が目に入った。

「…………」

朦朧《もうろう》としてきた意識の中で、俺は何の考えもなしに煉獄の巫女《アシユタルテ》を喚《よ》んだ。

喚び出す詠唱《えいしょう》は30秒以上と他《ほか》と比較《ひかく》にならないほどに長いが、どうせ死ぬなら、このきれいな顔を見ながら死にたいとでも思ったのかもしれない。

煉獄の巫女《アシユタルテ》って悪魔だから鼻が異様に高くて、目がつり上がっているかというとそうでもなく、むしろ人間らしい、きれいな顔立ちなんだよな。

いつか、あのうにょにょ、っていうよくわからない言語じゃなくて、共通語で会話したいなぁ。

なんて、そんなことを考えていられる自分に驚《おどろ》く。

そこで、俺は急に呼吸が楽になっていた。

「……あれ」

俺は自身にもう一度、回復魔法《ヒール》をかけて立ち上がる。

まるで瘴気が消えたかのように、呼吸がスムーズだ。

「そうか……そういうことか。ありがとう」

俺の胸に現れた物言わぬ清楚《せいそ》な顔は、礼を言われても目を閉じたまま。

そう、煉獄の巫女《アシュタルテ》は瘴気の持続ダメージを肩代《かたが》わりしてくれているのだ。

「お姉さん、素敵《すてき》過ぎる……でもこのままじゃ煉獄の巫女《アシュタルテ》が死んじゃうな」

煉獄の巫女《アシュタルテ》は底なしのダメージプールを持つと文献《ぶんけん》にあり、現に勇者パーティの全力をもってしても、それを超《こ》えることは出来なかったからまだしばらくは大丈夫《だいじょうぶ》だろうが、【怨嗟《えんさ》】のはけ口は作るべきだろう。

煉獄の巫女《アシュタルテ》は身に受けたダメージを【怨嗟】として自身の攻撃《こうげき》に乗せることで、蓄積《プール》したダメージを回復するらしいから。

俺の回復魔法《ヒール》も効けばいいんだけどな。

「ともかく、ここ、どこなんだろうな」

俺は先程《さきほど》の戦いで他界した仲間に簡易の黙祷《もくとう》を捧《ささ》げると、身なりを整え、魔法の明かりで照らされた回廊の方へと進んでみる。

すると……。

「ギッギッ」

「グエエ……」

奥《おく》から、何者かがわらわらと現れ始めた。

悪魔たちである。

下級悪魔《インプ》が多いが、上級悪魔《デヴィル》や魔人《デーモン》、魔人将《アークデーモン》までもが交ざっている。

「まぁ、どこだっていいか」

魔王が俺を天国に送るはずがない。

俺は愛剣《あいけん》たる、血濡《ちぬ》れた名もなき鋼鉄の剣を握《にぎ》りしめる。

剣は、剣だけは、この世界に転生したと知ってから、ずっと練習してきた。

ただひたすらに、狂《くる》ったように。

「行けるところまで行ってやるさ。なぁ煉獄の巫女《アシュタルテ》」

俺の言葉に呼応してか、その艶《つや》やかな唇《くちびる》がそっと開く。

「*απόγευμα αιώναςέκρηξη ἔκρηξις*……」

「…………！」

響《ひび》き渡《わた》る詠唱を耳にして、集まっていた悪魔たちが後ずさった。

◆　◆　◆

敵はなにせ数が多かった。

なので入り口の細い通路部分に誘《さそ》い込んで、囲まれないようにして戦った。

下級悪魔《インプ》はもちろん、上級悪魔《デヴィル》や魔人《デーモン》クラスの雑な攻撃なら、数体まとめて相手にしても剣技で圧倒《あっとう》できる。

しかし魔人将《アークデーモン》になると、ぐんと腕《うで》っぷしが強くなる上に、拘束《バインド》系魔法を使ってくるので念のために1対1で戦いたい。

なお、時々援護《えんご》してくれる煉獄の巫女《アシュタルテ》は、瘴気ダメージの【怨嗟】を乗せているせいか一撃で魔人将《アークデーモン》を屠《ほふ》るとか、とんでもなく強かった。

攻撃を身に受けても、一切《いっさい》ダメージが入らないのも、ものすごい安心感だ。

「終わりかな」

100体くらいの悪魔たちを倒《たお》すと、押《お》し寄せる悪魔が途切《とぎ》れた。

先へと進むと、回廊が途切れた先に広間が見えてくる。

そこには悪魔がおらず、湧《わ》き水が貯《た》められており、甘《あま》い香《かお》りのする木も植えられていた。

「桃《もも》の木だ」

熟した実もぶら下がっている。

広場の先にはまだ回廊が続いており、悪魔たちがウロウロしている。

「やれやれ、まだしばらく戦い続けろってか」

この際だ、桃は遠慮《えんりょ》なく頂戴《ちょうだい》し、水もごくごくと飲んだ。

毒でも入っているかと軽く悩《なや》んだが、食べなければどうせ死ぬしな。

「むほっ」

桃はとても甘くて、食べると体が蘇《よみがえ》るような感覚があった。

魔界に入ってから数週間、干し肉と乾《かわ》いたパンをかじる毎日だったので、体が果物を欲《ほっ》していたのかもしれない。

「よーし行くか」

食べ終わるなり、２つ目の回廊に挑《いど》む。

出てきた悪魔たちは、最初の回廊よりも上級のものが多かった。

先程と同じように、細い通路で待ち構えて、順に相手取る。

剣を振《ふ》るいつつ、時々、煉獄の巫女《アシュタルテ》の剣撃に助けてもらった。

そうやって戦いながら考えていた。

アラービスとミエルは無事に元の世界へ帰還《きかん》できただろうか。

魔王の言い方は俺だけを咎《とが》めていたように聞こえたが、最後の行動までは確認《かくにん》できなかった。

（もしかしたら）

……彼《かれ》らもこの回廊に囚《とら》われていたら？

だとしたら、どこかで同じように戦っているかもしれない。

鋼鉄を紙のように斬《き》り裂《さ》く『勇者リトの剣』を持つアラービスはともかく、ミエルは後衛職であり、こんな悪魔たちをさばききれるとも思えない。

ミエルは勇者アラービスの幼馴染《おさななじみ》であり、学園でともに戦いを学び、成長してきた間柄《あいだがら》と言っていた。

俺がパーティに加わった4ヶ月前には既《すで》に二人は婚約《こんやく》しており、挙式を残すだけとなっていた。

夫となるアラービスのためにも、ミエルは死なせる訳にはいかない。

「急がなくては」

俺はすぐに次の回廊に飛び込んだ。

◆　◆　◆

「いつまであるんだよ、これ」

回廊は延々《えんえん》と続いていて、15を超《こ》えてからは数えるのをやめた。

回廊に分岐《ぶんき》はなく、一本道を進んでいるだけだ。

身につけた剣技で悪魔たちの攻撃の隙《すき》を狙《ねら》い、負った傷は回復魔法《ヒール》で癒《い》やす。

最初に持っていた剣はとうに折れている。

その後は悪魔が持っていた剣を奪《うば》い、死《し》に物狂《ものぐる》いで振るい続けた。

熾烈《しれつ》な戦闘《せんとう》と睡眠《すいみん》不足で、もしかして俺はもう死んでいるのでは、と思うことが多くなった。

だが、広間の桃はおいしいし、眠《ねむ》りからは目覚めるし、煉獄の巫女《アシュタルテ》は居てくれるし、まだ生きているようだ。

途中《とちゅう》から、回廊の最後に『ソロモン七十二柱』が姿を現すようになった。

煉獄《アシュタルテ》の巫女が属する、破滅《はめつ》的な力を手にした魔神《まじん》というべき悪魔。

のちに、『七つの大罪』と呼ばれる『ソロモン七十二柱』の上位種らしい、凶悪《きょうあく》な大悪魔も現れるようになった。

しかし苦戦はしなかった。

魔王が煉獄《アシュタルテ》の巫女ばかりを起用していた理由がなんとなく理解できた気がする。

そして俺に奪われ、あれほどに怒《いか》り狂った理由も。

煉獄《アシュタルテ》の巫女は、他の『ソロモン七十二柱』の攻撃すらも蓄積し、【怨嗟】にして返すのだ。

「いやーマジ惚《ほ》れるわー美人だし」

こんな素敵な女性と24時間一緒《いっしょ》とか、幸せすぎる。

たぶん向こうは望んでいないだろうけど。

悪魔使役《しえき》ができる『漆黒の異端教会《ブラック・クルセイダーズ》』の僧戦士《クルセイダー》になってホント良かった。

「よし、次だ」

回廊ごとに出現する悪魔たちが変わるので、同じところを回っている気はしなかった。

桃を食べて体調が良いせいか、俺自身もそれほど疲労《ひろう》を感じずに戦い続けることができた。

本当に不思議な桃だ。

回廊と回廊の間ではうとうとすることもあったが、そうまったりもしていられない。

次の回廊でミエルたちが戦っているかもしれないと常に苛《さいな》まれていたし、なにより瘴気を身代わりしてくれている煉獄《アシュタルテ》の巫女の身が心配だったから。

そうやって、黙々《もくもく》と殺戮《さつりく》マシンのように戦い続けていたある時、気づいたら回廊が終わっていた。

結局、アラービスとミエルには出会えなかった。

それらしい亡骸《なきがら》も見つからなかった。

「生きていてくれ」

もはや、彼らが地上に戻《もど》っていることを祈《いの》るしかない。

俺は最後の回廊を抜《ぬ》けた先にあった転移ゲートに入る。

飛んだ先は、今や遠い記憶になっていた魔王の間だった。

「やっぱここからかぁ。まっすぐ家には戻れないよなぁ」

俺はそこからの帰路を思い浮《う》かべて、ため息をついた。

まぁいいか。順調に行けば20日くらいで出られるだろう。

第3話　大量スキルポイント⁉

「あ、そういや」

地上への出口を目指し、魔界《まかい》の中を歩き始めて、ふと思う。

ずいぶんと戦い通しだったから、スキルポイントが増えてるかな。

「完全に忘れてたわ」

3ポイントくらいはもらえているかも。

いや、そううまくは増えないか。

この世界はスキルポイントを使ってスキルツリーを伸《の》ばし、自身を成長させるシステムになっている。

少々脱線《だつせん》するが、ここでスキルツリーの構造について説明しておこうかな。

まず実際に俺《おれ》の「生命力」のツリーを見てみよう。

「生命力」
【体力】55（MAX100）
【自然回復力】3（MAX10）
【属性耐性《たいせい》】

【火耐性】3（MAX10）
【風耐性】3（MAX10）
【土耐性】2（MAX10）
【水耐性】2（MAX10）
【雷耐性】1（MAX10）

こんな感じで、各職業に固有のスキルツリーがある。

スキルツリーで手に入れるスキルの大半は「パッシブスキル」と呼ばれる、筋力が1上がったりHP（生命力）が10増えたりという恒常《こうじょう》作用をもつものだ。

そうやってスキルツリーを成長させ、ツリー内で一定の条件を満たすことで職業に応じた〈魔法〉を覚えたり、【武技】と呼ばれる強力な攻撃《こうげき》を習得する。

例えば魔力が20を超えると〈回復魔法《ヒール》〉を手に入れる、筋力量10以上と瞬発力《しゅんぱつりょく》3以上を満たすと【斬撃《ざんげき》】を手に入れる、などがそうだ。

イメージ通りだと思うが、魔法や武技は使用することで発動するタイプのものが多く「アクティブスキル」と呼ばれる。

そんな誰《だれ》もが欲《ほ》しがるスキルポイントだが、1ポイントを貯《た》める目安は自分と同レベル帯の魔物を1000体討伐《とうばつ》することだ。

より強い魔物を倒《たお》せば早く貯めることができるが、リスクは相応《そうおう》に大きい。

勇者や聖女のように最初からスキルポイントを多く手にしている者ならまだしも、そうでない者は相応の努力が要求される。

などと考えながら、何の気なしに自分のスキルポイント残高に目を向けると。

「……ってうぉあ!?」

ぎょっとした。

なんと、もともとゼロだったスキルポイントが――。

「さ……323……?」

何度見ても、323だ。

俺はあまりのことに、ぺたんと座り込《こ》んでしまった。

「……マジか」

煉獄の巫女《アシュタルテ》のレベルが高いだろうから、俺はてっきり自分にはポイントが入ってきていないものだと思っていた。

「これは間違《まちが》いなく……」

あの長い回廊《かいろう》の戦闘《せんとう》が、俺のソロ扱《あつか》いになっている。

俺が一人で強敵をボコボコ倒したような値だ。

「こりゃ大変だ……」

後半なんて煉獄の巫女《アシュタルテ》がほとんど戦ってくれていたのに。

「スゲー成長できちゃうかも」

軽く震《ふる》える指で操作して、スキルツリーを開いた。
先程《さきほど》の「生命力」ツリーは全《すべ》てＭＡＸになるようにポイントをつぎ込もう。
自身を死から遠ざける重要なステータスだからね。
それでもスキルポイントは91しか使わないから、投資しておく。
次のスキルツリーは「魔力」だ。

「魔力」

【魔力量】22（ＭＡＸ１００）
【魔法疲労《ひろう》回復】４（ＭＡＸ10）
【元素適性】
【火】０（ＭＡＸ10）
【風】０（ＭＡＸ10）
【土】０（ＭＡＸ10）
【水】０（ＭＡＸ10）
【雷】０（ＭＡＸ10）

【魔力量】は自分の魔法攻撃や回復魔法《ヒール》の威力《いりょく》を、【魔法疲労回復】はＭＰの自然回復する速さを意味する。

【元素適性】は属性攻撃が可能になるというものだ。たいていの冒険者《ぼうけんしゃ》のスキルツリーに存在し、攻撃特化型以外は優先度は低いと評価されている。【元素適性】以外をMAXにしようとすると、84スキルポイントを使う。

次に「筋力」ツリー。

「筋力」

【筋力量】33（MAX100）
【武技】0（MAX10）
【武装付加値】
【剣一般《けんいっぱん》】8（MAX10）
【大剣】0（MAX10）
【小剣】1（MAX10）
【槍《やり》】0（MAX10）
【斧《おの》】0（MAX10）
【弓】1（MAX10）
【メイス】2（MAX10）
【投擲《とうてき》】1（MAX10）
【盾《たて》】2（MAX10）

【筋力量】は物理攻撃力《こうげきりょく》を意味し、【武技】は物理攻撃スキルの攻撃力を意味する。

僧戦士《クルセイダー》は物理攻撃スキルを覚えないから【武技】は後回しにしよう。

【武装付加値】はそれぞれの武器の扱いを補助してくれる。

これに関しては、ポイントを振《ふ》っただけでいきなり武器の扱いが巧《たく》みになるとか、そういうものではない。

あくまで補助にすぎず、細やかな技術は努力をしなければ身につかない。

このあたりをいくら説明しても、アラービスは理解していなかったな。

俺は剣にこだわりたいので、武装付加値では【剣一般】だけはMAXにしたい。

可能なら【投擲】も欲しいが、それは贅沢《ぜいたく》というものか。

ポイントに余裕《よゆう》があったら、あとで考えよう。

このツリーで望む通りにMAXにするとしたら、69スキルポイント必要だ。

次は「敏捷性《びんしょうせい》」ツリー。

「敏捷性」
　【回避《かいひ》力】
　　【跳躍力《ちょうやくりょく》】3（MAX10）
　　【瞬発力】3（MAX10）

【柔軟性《じゅうなんせい》】２（ＭＡＸ10）
【身体操作】３（ＭＡＸ10）

俺は回避で生き残るタイプなので、これは重要なステータスだ。
全てＭＡＸにしても29スキルポイントなので振るぞ。
次に「精神力」。

「精神力」
【信仰《しんこう》】
【異端の神々《ジ・ヘレティックス》】５（ＭＡＸ10）
【悪魔調教】
【石板使役《しえき》】３（ＭＡＸ３）
【魅力《みりょく》】３（ＭＡＸ10）
【全般魔法抵抗《ていこう》】３（ＭＡＸ10）

ここでは神への【信仰】をＭＡＸにしたい。
信仰を上げることで、回復魔法《ヒール》や魔法攻撃、果ては悪魔捕縛《ほばく》の成功率に至る神聖行為《こうい》すべてにプラス補正がつく。

【石板使役】のポイント数は、同時に使役できる悪魔の数を意味している。

まぁ煉獄の巫女《アシュタルテ》が恐《おそ》ろしく強いので1体で十分なのだが。

【魅力】は交渉《こうしょう》や取引、悪魔使役においても重要なステータスらしい。

上げたいが、優先度は高くないのでほかの様子を見よう。

【全般魔法抵抗】はスタンを除いた眠《ねむ》りや毒、混乱など状態異常系魔法への抵抗も含《ふく》む。

これもMAXにしたいので、ここでは12スキルポイントが必要になる。

最後に「身体感覚」。

「身体感覚」

【感覚】

【視覚】 3（MAX10）

【触覚《しょっかく》】 2（MAX10）

【味覚】 2（MAX10）

【嗅覚《きゅうかく》】 2（MAX10）

【聴覚《ちょうかく》】 3（MAX10）

【知性】

【総合知性】 51（MAX100）

【言語知性】

【言語理解】４（ＭＡＸ10）
【言語出力】４（ＭＡＸ10）
【記憶力《きおくりよく》】５（ＭＡＸ10）

【視覚】、【嗅覚】、【聴覚】を上げておけば、索敵《さくてき》しやすくなる。

索敵は先手後手に関係するので重要だ。

全てとはいかなくとも、この３つは上げておきたい。

【知性】や【記憶力】の分野は後回しにしようかな。

いや待て、【総合知性】は上げておこう。案外重要なステータスなのかもしれない。

これが高ければ、将来的に重大な危機を回避したりすることだってありうる。

知識がなければ始まらないことも案外多いしな。

「よし、投資だ」

少し入れておこう。そのため、ここでの必要ポイントは42ポイントになる。

必要ポイントの合算は生命力で91、魔力で84（【元素適性】抜《ぬ》き）、筋力で69、敏捷性で29、精神力で12、身体感覚で42。足して３２７。

俺が持っているポイントは３２３なので少々この理想的な要望には足りない。

「まあいいか。今すぐすべて使い切る必要もないだろうし」

ＭＡＸ１００の【体力】、【魔力量】、【筋力量】を90で止めることにした。

さらに【視覚】、【嗅覚】、【聴覚】も9で止めて、余った3ポイントを【魅力】に振り分ける。

あとの項目《こうもく》はすべて理想通りにポイントを振った。

これで26ポイント残ったが、これは今後のために手をつけないでおこう。

それでも十分に俺は強くなる。

【元素適性】をひとつだけＭＡＸにするという手もあるが、後の必要な場面で選ぶくらいでも問題ないだろう。

というわけで、俺のスキル配分はこうなった。

「生命力」
【体力】90（ＭＡＸ１００）
【自然回復力】10（ＭＡＸ10）
【属性耐性】
【火耐性】10（ＭＡＸ10）
【風耐性】10（ＭＡＸ10）
【土耐性】10（ＭＡＸ10）
【水耐性】10（ＭＡＸ10）
【雷耐性】10（ＭＡＸ10）

「魔力」

【魔力量】90（ＭＡＸ１００）

【魔法疲労回復】10（MAX10）
【元素適性】
【火】0（MAX10）
【風】0（MAX10）
【土】0（MAX10）
【水】0（MAX10）
【雷】0（MAX10）

「筋力」

【筋力量】90（MAX100）
【武技】0（MAX10）
【武装付加値】
【剣一般】10（MAX10）
【大剣】0（MAX10）
【小剣】1（MAX10）
【槍】0（MAX10）
【斧】0（MAX10）
【弓】1（MAX10）
【メイス】2（MAX10）

「敏捷性」

【投擲】 1 （MAX10）

【盾】 2 （MAX10）

【回避力】

【跳躍力】 10 （MAX10）

【瞬発力】 10 （MAX10）

【柔軟性】 10 （MAX10）

【身体操作】 10 （MAX10）

「精神力」

【信仰】

【異端の神々《ジ・ヘレティックス》】 10 （MAX10）

【悪魔調教】

【石板使役】 3 （MAX3）

【魅力】 6 （MAX10）

【全般魔法抵抗】 10 （MAX10）

「身体感覚」

【感覚】

【視覚】 9 （MAX10）

【触覚】２（ＭＡＸ10）
【味覚】２（ＭＡＸ10）
【嗅覚】９（ＭＡＸ10）
【聴覚】９（ＭＡＸ10）
【知性】
【総合知性】71（ＭＡＸ１００）
【言語知性】
【言語理解】４（ＭＡＸ10）
【言語出力】４（ＭＡＸ10）
【記憶力】５（ＭＡＸ10）

「お……おおぉ……！」

最初に訪《おとず》れた変化は、五感だった。

視界がぐんと鮮明《せんめい》になり、空間を漂《ただよ》うチリまでを視認できるようになる。

葉をつけぬ木々の梢《こずえ》を風が鳴らす音が楽器のように演奏され、大小さまざまに重なり合って聞こえている。

魔界の木々の、古びたような香《かお》りが急に強く感じられる。今まではなんとも思わなかったのに。

これらは遮断《しやだん》しようと思えばできるようで、常日頃《つねひごろ》からニオイや音に鋭敏《えいびん》すぎて苦しむということはなさそうだ。

もちろんそれだけでは終わらない。

「すごいな……」

拳《こぶし》を握《にぎ》りしめる。力がみなぎる感覚がハンパない。

筋力？　……いや、これはもしかして魔力か。

体もなんだか軽い。

「どれどれ……あだっ」

軽く跳躍《ちょうやく》しただけなのに、3メートルほど上にあった木の枝に頭を打ち、枝を折ってしまった。

流血しかねない衝撃《しょうげき》だったが、しばらくすると痛みが消失する。

【自然回復力】を上げた効果かもしれない。

「すごい……」

そんなふうに嬉々《きき》としていると、アクティブスキルの習得アナウンスのオンパレードになった。

《〈回復魔法《ヒール》レベル3〉、〈回復魔法《ヒール》レベル4〉、〈回復魔法《ヒール》レベル5〉を覚えました》

《〈領域回復魔法《エリアヒール》レベル1〉、〈領域回復魔法《エリアヒール》レベル2〉を覚えました》

《〈疾病退散《しっぺい》レベル1〉、〈疾病退散レベル2〉、〈疾病退散レベル3〉を覚えました》

《〈状態異常回復《キュア・ステート》レベル2〉、〈状態異常回復《キュア・ステート》レベル3〉を覚えました》

《〈幽々《ゆうゆう》たる結界レベル2〉、〈幽々たる結界レベル3〉を覚えました》

《〈条件つき喪失《そうしつ》部位回復〉を覚えました》
《【闇《やみ》の掌打《しょうだ》レベル2】、【闇の掌打レベル3】、【闇の掌打レベル4】、【闇の掌打レベル5】を覚えました》
《【悪魔の付与《ふよ》レベル1】、【悪魔の付与レベル2】を覚えました》
《【妖魔《ようま》退散レベル2】を覚えました》
《【アイテムボックス拡張レベル3】を覚えました》
《【アイテムボックス内時間遅延《ちえん》レベル2】、【アイテムボックス内時間遅延レベル3】を覚えました》

「おお、いろいろ来たな」

【闇の掌打】は、近接した相手に魔力による衝撃を加える僧侶《プリースト》系魔法だ。

もちろん主神の従者たちは【聖なる掌打】という名前だろうが。

詠唱《えいしょう》が短く、とっさの場面でも使いやすいのが利点だ。

しかし、今成長した魔力で放つと、相手を粉々にしてしまうおそれがある。

【悪魔の付与】は石板使役している悪魔から加護を受けられるようになるらしい。

これは存外に頼《たの》もしい能力かも。

【妖魔退散】は格下の敵を追い払《はら》う魔法だ。無駄《むだ》な戦闘を避《さ》けたい時など、使い勝手はいいだろう。

「回復魔法《ヒール》も伸びたし、楽しくなりそうだ」

勇者パーティを組んだ当時は聖女ミエルの〈回復魔法《ヒール》レベル3〉が羨《うらや》ましくてしょうがなかった。

もし最初から〈領域回復魔法《エリアヒール》〉を持っていたら、魔人将《アークデーモン》の範囲《はんい》攻撃も怖《こわ》くなかっただろうな。

などと、考えていた折。


《スキルツリーのコンプリート条件が満たされました。異端の神々《ジ・ヘレティックス》の〈僧戦士《クルセイダー》〉から〈深淵の破戒僧《アポステートオブジアビス》〉への転職が可能です。転職しますか》

「なんだこりゃ」

脳内にアナウンスが流れていた。

転職？　そんな単語、聞いたことがないぞ。

この世界にそんなルールがあるのか？

《転職しますか》

いや、誰も知らないだけかもしれない。

そもそもスキルツリーをこんなに埋《う》めたのは俺が初めてなのかも。

アナウンスはスキルツリーのコンプリート条件と言った。

ならきっと悪い方向には変化しないのでは……。

思案する俺の脳内に、再びアナウンスが流れる。

《さっさと決めなさいよ。あと5秒》

「はぁ!? ……て、転職する、します!」

なんで急《せ》かすんだ、こいつ。しかも素《す》で話しかけてきた。

くそ、いろいろ考える前に決めちゃったじゃないか。

《なお、この転職は破戒《はかい》行為となります》

「決めた後にさらりと付け加えてんじゃねえよ!」

サイテーだこいつ。なお、とか言えばいいと思いやがって。

しかも何事もなかったかのように丁寧語《ていねいご》に戻《もど》ってるとか。

《うっさいわね! 破戒僧《そう》って言ってんだから考えればわかるでしょ》

「むぐっ……」

破戒とは、僧として掟《おきて》を破る行為のことである。

これにより、教会からは追い出される覚悟《かくご》をしなければならない。

いやまぁ司祭まで上がったし、教会自体にはあまり未練はないけどさ。

勝手にやめたわねっ、と怒《おこ》られそうな人がいるくらいだ。

こうなったら、成り行きだ。仕方がなかった、で済まそう。

あぁそうだ、さっきちらっと言ったが、俺は日本からこの異世界に転生してきた口だ。

一言で済ませられないほどいろいろあったけど、機会があれば話そうかな。

《なお、さっきまでのスキルツリーには二度とアクセスできなくなりました》

「だから後付けしてんじゃねぇ！　あんた絶対それ知らなかっただろ⁉」

つーか、ポイント残しておいたのに、どうすんだよ。

意味なくなっちまったじゃないか。

《い、いちいちうっさいって言ってんでしょ！　言うの忘れてたのよ》

だいたいお前誰なんだよ……。

あーあ、これなら【魅力】とか【元素適性】とか手に入れておくんだった。

しかしそんな心配は杞憂《きゆう》であったことを、後の俺は知る。

《〈深淵の破戒僧《アポステートオブジアビス》〉への転職が完了《かんりよう》したわ。後で代わりのスキルツリーを送っとくから》

「なぬ」

代わりのスキルツリー？

◆　◆　◆

「しかし、破戒僧とは」

なんか悪そうな職業になった。

職業を訊《き》かれても言いづらいぞ、これ。

転職したからといって、なにかが変わって感じるということはなかった。

しばらく待ってもスキルツリーが来ないので、寝《ね》て待つことにする。

回廊の死闘《しとう》の間はあまり寝れなかったしな。

野営をし、桃《もも》で腹を満たし、毛布にくるまって横になる。

魔王《まおう》を倒し、悪魔はこのあたりをうろつかなくなったが、念のために結界型のアイテムを展開しておこう。

…………………。

…………。

……。

「ふぁ……」

目覚めたとたん、魔界カラスの鳴き声や木の香りが感覚を強く刺激《しげき》した。

あ、スキルを伸ばしたんだったな、と気づく。

【身体感覚】はこの異世界に降り立ってからずっと変えていなかったので、変わるとすごく新鮮《しんせん》だ。

「あーどんだけ寝てたかわからん。ふあぁぁ」

俺は、ぐーと伸びをしながら、大きな欠伸《あくび》をした。

節々のこわばり方が半端《はんぱ》ではない。

これはもしかしたら丸1日、いや2日くらい寝たかも。

「さてと」

俺は手持ちの水を取り出して体を拭《ふ》いた後、さっそくスキル部分を確認《かくにん》してみる。

すると、新しいツリーが届いていた。あの声の奴《やつ》、案外ちゃんと仕事したな。

俺はその新しいスキルツリーを開いてみる。

「どれどれ……なんだこれ」

俺は目が点になっていた。いや、説明するより見てもらった方が早い。

これが2枚目のスキルツリーだ。

まず「生命力」。

【生命力】
【身体強化（壱《いち》）】　1ポイントアンロック
【身体強化（弐《に》）】　2ポイントアンロック
【身体強化（参）】　3ポイントアンロック

「……変わってる」

前の【体力】とかの項目が無くなってしまっている。

90までしか上げられなかったけれど、まあこれは仕方ないか。

「○ポイントアンロック」と書かれているところは、スキルポイントを使ってアンロックさせるということだ。

さらなるツリー分岐《ぶんき》が隠《かく》されていて、もっと強化できる可能性があるということ。

「一番上だけアンロックしてみよう」

26スキルポイントを残していたので、1ポイントを使って【身体強化（壱）】をアンロックしてみる。

《【身体強化（壱）】をアンロックしました》

【生命力】
【身体強化（壱）】　1ポイントアンロック
【筋力＋10％】0（MAX1）
【生命力＋10％】0（MAX1）
【敏捷《びんしょう》＋10％】0（MAX1）
【魔力＋10％】0（MAX1）
【防御力《ぼうぎょりょく》＋10％】0（MAX1）
【盾防御＋10％】0（MAX1）
【身体強化（弐）】　2ポイントアンロック
【身体強化（参）】　3ポイントアンロック

「うへぇ」

これにはさすがに驚《おどろ》いた。

暴挙とも言える文字の羅列《られつ》だったからだ。

たった1のスキルポイントでステータスのひとつを10％上げられるとか、かつてのツリーではありえない。

さすが第二ツリーといったところか。

「投資するかは、全部見てから考えたほうがいいな」

次は【魔力】だ。


【魔力】

【悪魔言語詠唱】0（MAX10）
【詠唱短縮】0（MAX10）
【上位元素適性】
【光】0（MAX10）
【闇】0（MAX10）
【混沌《こんとん》】0（MAX10）
【即死《そくし》】0（MAX10）
【憤怒《ふんぬ》の石板】 3ポイントアンロック

「……すごい」

【魔力】においては、完全に上級編のスキルツリーだった。

【悪魔言語詠唱】ってもしかして、煉獄の巫女《アシュタルテ》の「うにょにょ……」というあの言語か。

喉《のど》から手が出るほど欲しい。

そして、魔法研究者の間でも未解明の【詠唱短縮】が、ここで手に入るとか。
さらにこの世界では希少とされている、【光】や【闇】の元素適性。
しかも【混沌】とか【即死】とか、なんかヤバそうな未発見適性もある。
だが俺が最も惹《ひ》かれるのは、最後の【憤怒の石板】だ。
これはそそられるが、3スキルポイントも使う。
どうしよう。使っちゃおうかな。あー、でも3ポイントも……。
いや、石板系スキルは俺の夢だった。まだ25ポイントもあるから開けちゃえ!

《【憤怒の石板】をアンロックしました。これに伴《ともな》い、石板の従者が反撃《カウンター》を行うようになります》

「……は?」
反撃《カウンター》? ナニソレすごくない?

【憤怒の石板】
【悪魔の追撃《セカンドアタック》】0(MAX1)
【悪魔の追撃2】0(MAX1)
【回復追撃《ついげき》】0(MAX1)

「……すげぇ」

使役している悪魔が追撃してくれるみたいだ。

これは取るしかないだろう。現時点で俺の最強の攻撃は従者アタックだからな。

それにしても煉獄の巫女《アシュタルテ》の追撃とか、考えるだけで素敵《すてき》すぎる。

次は【筋力】。

【筋力】
【凶人化《きょうじんか》】
【凶酔の剣】０（ＭＡＸ３）
【超越攻撃《ちょうえつこうげき》】
【斬鉄《ざんてつ》】０（ＭＡＸ３）
【粉砕《ふんさい》】０（ＭＡＸ３）

「凶……なんだこれ」

狂《きょう》じゃない。凶だ。凶酔ってどうなっちゃうんだ、これ。

これ、たぶん技術的に改善するんじゃなくて、なにかイケないことになりそうな……。

なお、【凶人化】で剣が選ばれているのは、きっと最初のスキルツリーで【剣一般】を上限まで伸ばしたからだろう。

これはやばそうだからちょっとスルーしておこう。

「……ちょ、【超越攻撃】……すげー」

まさか俺の攻撃に【斬鉄】とか【粉砕】の効果が混じるということか。

こ、怖すぎるが、惹かれる。

「フ、躱《かわ》したか」とか言いながら、木をぶった切ったり、敵の隣《となり》の大地をごっそり削《けず》ってビビらせる、アレだ。

アレができるようになっちゃうということだ。

「…………」

やばい、一人でニヤけてた。

話を進めよう。次は【敏捷性】と【精神力】。

【敏捷性】
【二段ジャンプ】0（MAX3）
【残像】0（MAX3）

【精神力】
【魅力】6（MAX10）
【王者のカリスマ】0（MAX10）

【敏捷性】の【二段ジャンプ】や【残像】は有効この上ないスキルだ。

回避に関《かか》わるスキルなので、優先度は高いだろう。

【精神力】には気になっていた6のままの【魅力】が追加されていた。

よかった。これでいつでも上げられる。

【王者のカリスマ】はかっこよさそうだけど、命のことだけ考えると後でも良さそうなスキルだな。

続けて【身体感覚】。

【身体感覚】
【感覚】
【視覚】9（MAX10）
【触覚】3（MAX10）
【味覚】2（MAX10）
【嗅覚】9（MAX10）
【聴覚】9（MAX10）
【第六感】0（MAX10）
【第七感】0（MAX10）
【知性】

【総合知性】71（ＭＡＸ１００）
【言語知性】
【言語理解】４（ＭＡＸ10）
【言語出力】４（ＭＡＸ10）
【記憶力】５（ＭＡＸ10）
【異種族言語理解】
【天使言語】０（ＭＡＸ10）
【悪魔言語】０（ＭＡＸ10）

上げ損《そこ》ねた項目がある中で、【第六感】と【第七感】が追加されている。

【第六感】は直感的なもの、【第七感】はおそらく魔法感覚的な直感と推測する。

危険を事前に察知する能力と思われ、優先度は高いだろう。

【知性】には以前にあった【総合知性】や【記憶力】が残っている。

その下には【総合知性】を上げたからだろうか、【異種族言語理解】として、【天使言語】と【悪魔言語】が現れた。

【天使言語】は『光の神ラーズ』や『大地母神エリエル』の教会が目の色を変えて取り組んでいる内容だ。

『漆黒の異端教会《ブラック・クルセイダーズ》』でも、【悪魔言語】の解明に取り組んでいるが、全くもって進んでいない。

「【悪魔言語】欲しいなぁ……」

これを上げれば煉獄の巫女《アシュタルテ》とも、もっと深い会話ができるだろう。

欲しいけど、10ポイントはでかいなぁ。うーん、ここは我慢《がまん》かな……。

そして最後は【特殊《とくしゅ》】。

【特殊】　1ポイントアンロック

もちろん1スキルポイントを使ってアンロックする。

残りは21ポイントだ。

《【特殊】をアンロックしました》

【特殊】

【変幻《へんげん》】

【カラス化】0（MAX3）

【異人化】0（MAX3）

【不死者化《アンデッド》】0（MAX3）

【過去への訪問】一度のみ

【配下作成】
【魔の従者】０（ＭＡＸ10）
【不死の従者】０（ＭＡＸ10）

「……これ、ヤバイやつだ」

あまりの感動に、開いた口が塞《ふさ》がらなかった。

自身の姿を変えるスキルに、夢の【配下作成】がある。

配下を作って、自分の軍団を作っちゃうとか、男の夢すぎる。

でも悪魔を従えるとかもう魔王なんだけど、方向性いいのかな。

「うーん困った！」

上げたいスキルばかりだ。どうすっかなぁー。

頭から煙《けむり》が出るほどに思案して、俺は残りポイントをこう振ってみた。

【生命力】
【身体強化（壱）】１ポイントアンロック
【筋力＋10％】０（ＭＡＸ１）
【生命力＋10％】１（ＭＡＸ１）
【敏捷＋10％】１（ＭＡＸ１）

【魔力＋10％】0（MAX1）
【防御力＋10％】0（MAX1）
【盾防御＋10％】0（MAX1）
【身体強化（弐）】2ポイントアンロック
【身体強化（参）】3ポイントアンロック

【魔力】
【悪魔言語詠唱】0（MAX10）
【詠唱短縮】0（MAX10）
【上位元素適性】
【光】0（MAX10）
【闇】0（MAX10）
【混沌】2（MAX10）
【即死】0（MAX10）
【憤怒の石板】3ポイントアンロック
【悪魔の追撃】1（MAX1）
【悪魔の追撃2】1（MAX1）
【回復追撃】1（MAX1）

【筋力】
【凶人化】
【凶酔の剣】０（ＭＡＸ３）
【超越攻撃】
【斬鉄】０（ＭＡＸ３）
【粉砕】３（ＭＡＸ３）
【敏捷性】
【二段ジャンプ】０（ＭＡＸ３）
【残像】３（ＭＡＸ３）
【精神力】
【魅力】６（ＭＡＸ10）
【王者のカリスマ】０（ＭＡＸ10）
【身体感覚】
【感覚】

【視覚】 9（MAX10）
【触覚】 3（MAX10）
【味覚】 2（MAX10）
【嗅覚】 9（MAX10）
【聴覚】 9（MAX10）
【第六感】 2（MAX10）
【第七感】 0（MAX10）

【知性】
【総合知性】 71（MAX100）
【言語知性】
【言語理解】 4（MAX10）
【言語出力】 4（MAX10）
【記憶力】 5（MAX10）
【異種族言語理解】
【天使言語】 0（MAX10）
【悪魔言語】 3（MAX10）

【特殊】　1ポイントアンロック
【変幻】
【カラス化】０（ＭＡＸ３）
【異人化】３（ＭＡＸ３）
【不死者化】０（ＭＡＸ３）
【過去への訪問】一度のみ
【配下作成】
【魔の従者】０（ＭＡＸ10）
【不死の従者】０（ＭＡＸ10）

ポイントは余すことなく使用した。

ひとつずつ見てみよう。

【身体強化（壱）】では生命力と敏捷10％加算をとった。

なお、【身体強化（弐）】は壱をコンプリートしないと開放することができない。

次に属性攻撃たる【上位元素適性】で【混沌】を２に伸ばしてみた。

どんな効果があるか、楽しみだ。

ちなみに【即死】にしなかったのは、峰打《みねう》ちで死なれたりするのが怖すぎるからだ。

【悪魔言語詠唱】は【知性】の【異種族言語理解】を上げてからじゃないと駄目《だめ》みたいだった。

次にどうしても手に入れたかった【悪魔の追撃】【悪魔の追撃2】【回復追撃】に3ポイント振ってすべて獲得《かくとく》する。これだけは譲《ゆず》れない。

【凶酔の剣】は謎《なぞ》すぎるので、ちょっと様子を見ることにした。

一方で、【超越攻撃】の【粉砕】と【敏捷性】の【残像】は俺の中の厨二《ちゅうに》が唸《うな》り、気づいたらMAXまでとってあった。

【精神力】系は一旦《いったん》パスし、【感覚】の【第六感】を2とってみた。

【知性】では、【悪魔言語】を3伸ばした。

これで少し煉獄の巫女《アシュタルテ》の言葉に理解が進むかも。

最後に【特殊】でカラスと迷ったが、【異人化】をMAXまで取得した。

これは危機的な場面からの退避《たいひ》に役立つと思われたからだ。

その下にはあえてスルーしていた【過去への訪問】というものがあるが、詳細《しょうさい》不明な上に一度しか使えないとのことで、今回は見送った。

「ふふふ……手に入れたぞ……！」

よーし。これで厨二病パワー全開だ！

「……あれ？」

相変わらず伸びたスキルのせいで視界が鮮明で広いのだが、なんだか視点が低くなったような気がする。

気のせいだと思いたいが、ずいぶんと違うような……。

「……俺、もしかして縮んでる？」

気のせいじゃない、10センチ以上も背が低くなっている気がする。

なんでだろ……もしかして背骨が疲労骨折を起こして潰《つぶ》れたか？

でもそれ以外は体に異常を感じない。

「魔界にいるせいかな」

とりあえず地上に戻ってみようと決め、俺は魔界の出口へと歩き始めた。

第4話　何、祝ってるの？

「うあー」

いつぶりかわからない朝日があまりに眩《まぶ》しくて、目を開けていられない。

冷えているのに、取り巻く空気がなんだか優《やさ》しい。

久しぶりの地上だった。

魔王討伐《まおうとうばつ》のあの日から、いったい何日が過ぎたのだろう。

あの回廊《かいろう》では太陽や月は見えなかったし、時計なんてものもないから、昼夜の感覚がすっかりなくなってしまった。

着ていた闇《やみ》の僧侶《プリースト》の服もズタボロで所々に穴が空き、着ているのが恥《は》ずかしいくらいだが、ほかに着るものなど持っていない。

俺《おれ》は近くにあった小川で行水をし、戦いの汚《よご》れを落とす。

「あー清々《すがすが》しいな」

日差しに向かって伸《の》びをする。

それにしても、なんだか不思議と体が軽い。きっと、負の世界たる魔界から出たせいだろう。

俺はアイテムボックスに収められた『騎獣《きじゅう》スフィア』という騎乗《きじょう》動物を封《ふう》じ込《こ》める水晶《すいしょう》を取り出し、馬を呼び出す。

魔界の入り口となった小高い丘《おか》から馬を走らせ、リンダーホーフ王国王都のマイセンへと向かう。

なんだろ、乗りづらいな。気のせいかな。

その後、野宿を繰《く》り返して数日馬を走らせ、王都が見えるところまでやってきた。

「……ん？」

と、その途中《とちゅう》で俺は空に打ち上がるものを目にした。

おや？　と思い、近くの高台へと馬を走らせる。

「これは……」

目を凝《こ》らして、もう一度見る。

ここから街並みが一望できたのだが、昼間から魔法花火が上がっていたのだ。

「祝事だよな、これ」

検問にも行列ができていて、俺はくねくねと曲がりくねった行列の末尾《まつび》に並ぶ。

当然、検問の兵士と話すまでにずいぶんと時間がかかった。

やっと順番だ、と思いきや、検問の兵士が蔑《さげす》んだ目で俺を見てきた。

「お前、ずいぶんとボロを着ているな」

「いろいろあってな」

「祝事の物乞《ものご》い目当てか……まあいい、王国許可証はあるか」

「ほい」

懐《ふところ》から許可証を出して見せると、検問の兵士がそれを二度見した。

「……ち、『中尉《ちゅうい》』様⁉　こ、これは失礼を！　おい、馬鹿《ばか》、どけ！　お通ししろ！」

大変失礼いたしました、とひれ伏《ふ》す検問の兵士数名。

周りにいた人々が唖然《あぜん》として俺を見ている。

「ご苦労さん」

俺はいつも、検問自体はこうやってすぐに通過できる。

◆　◆　◆

日が高く昇ると、俺みたいにボロを着ていても過ごしやすくなった。

街中を歩いていくと、香《こう》ばしい香《かお》りが鼻をくすぐる。

メインストリート沿いには出店が競《きそ》い合うように軒《のき》を連ね、さまざまな焼き物をして良い香りを漂《ただよ》わせていた。

「さて、あいつらはいるかな」

アラービスとミエルはリンダーホーフ王国出身だし、一番居る可能性が高いのはこの王都だろう。

「うむむ」

しかし意識はどうしても、暴力的なまでの食の香りに刈《か》り取られる。

この香りは豚《ぶた》のロースを香辛料《こうしんりよう》とガーリックでソテーにしたものかな。

久しぶりの食べ物の香りは、本当にたまらない。

「ほぁっ、うま、うめっ」

なので、片《かた》っ端《ぱし》から買い漁《あさ》って噴水《ふんすい》の脇《わき》に座《すわ》ると、まだ熱いのにかぶりつくように食べた。

まず食べて体力をつけるのが先決だ。

懐具合は寒くはないものの、そう心強いものでもない。

魔界でのドロップ品はすべてが運び屋《ポーター》兼盗賊《けんとうぞく》の男、ダンテを通じて『パーティストレージ』と呼ばれる異空間に収められていた。

ダンテにパーティ設定された仲間は、彼《かれ》に不幸があってもそのストレージにアクセスできるのだが、俺はあの回廊に飛ばされた折にパーティを外れたらしく、ストレージにアクセスできなくなってしまっていた。

それゆえ、俺の手元にあるのは回廊の悪魔たちがドロップした硬貨《こうか》のみだ。

しかも悪魔はドロップが極端《きよくたん》に少ないことで有名で、稼《かせ》ぎとしては全く美味《おい》しくなかった。

「……すみません、ちょっとお訊《たず》ねしても？」

腹の虫がおさまったところで、俺は通りすがりの人が好《よ》さそうなおばさんに声をかけた。

「このお祭り騒《さわ》ぎは？」

「え？　あんた知らずにここにいるのかい」

おばさんがきょとんとした顔をする。

「なにか祝いの行事ですか」

「結婚式《けっこんしき》だよ。魔王が討伐されてからもいろいろあってずっと辛気臭《しんきくさ》かったんだけど、やっと初めての吉事《きちじ》さ。各地からお祝いにくるのは当たり前さね」

「……結婚式？　あぁ、リラシスの第二王女様のかな」

隣国《りんごく》の『剣《けん》の国リラシス』で絶世の美女と名高い第二王女が、その相手を探している話は有名だった。

才色兼備《さいしよくけんび》で雪のように白い肌《はだ》をもち、スタイルは抜群《ばつぐん》。

おまけに【剣姫】と呼ばれるほどの剣の腕《うで》の持ち主ということで、肩《かた》を並べられる男がいないんだとか。

まあ、この世界にインターネットなんてないから、直接お顔を拝見した人なんてわずか。

噂《うわさ》が尾《お》ひれをつけているだけかもしれない。

案外、とんでもない顔立ちだったりして。でなくてもムキムキとか。

「王女様の婿《むこ》、とうとう見つかったんだな、そりゃめでたい」

こんなに盛大《せいだい》なのは、もしかしたらこの国から夫となる男が見つかったのかも。

などと考えていると。

「違《ちが》うよ。勇者アラービス様と聖女ミエル様の、だよ」

「…………」

「…………」

無言でおばさんと見つめ合ってしまった。

「……アラービスとミエルと言いました？」

「言ったよ」

「ホッ。ヨカッタ」

二人とも生きていた。

「そっかーもう結婚式か」

しかしミエルは、結婚式は相当準備がかかるとぼやいていた。

俺っていったい何日、この世界を不在にしていたんだろ。

「なんだい、そんな身なりの人がまるでお二人と友達《ともだち》だったみたいな言い方をするじゃないか」

おばさんがボロを着た俺を見て、穏《おだ》やかに笑う。

俺は曖昧《あいまい》に笑ってごまかした。

一緒《いっしょ》に魔王を倒《たお》した仲だとは口にしない。

今になって名乗り出るのは、「生きていたから手柄《てがら》を俺にもよこせ」と言っているような気がするし、第一目立つのは好きじゃない。

俺が常日頃《つねひごろ》から目指しているのは『縁《えん》の下の力持ち』。

リーダーや主役ではないけれど、脇でしっかり仕事をして全体にモーレツに貢献《こうけん》する人。

誰《だれ》かが何かを成し遂《と》げた時、みんなの視線って最前面で拍手《はくしゅ》を浴びる中心人物に行くよね。

でも、その後ろに目立たぬよう控《ひか》えていながら、実はその人の方が立役者で……っていう設定が
俺はとてつもなく好きだ。

それに俺は心底憧《あこが》れ、日々それを為《な》すために生きている。

ちなみに、誰にも気づかれなくてもいい。ただの自己満足の世界だ。

そういうわけで、俺が目指すは縁の下のチカラモチャー。

ふむ、考えてみると、今ってそれにピッタリな状況《じょうきょう》になってない？

「ちなみに今日は、魔王討伐の日から何日経《た》っているんですか？」

「あんたさっきからおかしなことを訊《き》くねぇ」

おばさんは笑ったまま、なんということもなく教えてくれた。

それを聞いてうへぇ、と声が漏《も》れた。

なんと魔王を討伐したとされる日から、１００日以上が過ぎているという。

「そんなに経ってるんですか」

「二人がご帰還《きかん》されてから、すぐに挙式の話は出ていたらしいけどね。今日まで待ったのは、聖女様のお気持ちがなかなか前を向かなかったって話だよ。大切なお仲間を沢山《たくさん》失ったそうだから」

「なるほど」

「じゃあそろそろいくわ。またね」

そう言って、おばさんは去っていった。

「美味《うま》い……しかし、驚《おどろ》きだなぁ」

噴水の脇に座り直し、揚《あ》げパンを頬張《ほおば》りながら考えていた。

体感で30日くらいは過ぎちゃったかな、と思っていたが、まさか１００日以上とは。

「そういうことなら、とにかく顔を見せにいかなきゃな」

１００日も経っていれば、俺のことは死んだと思っているに違いない。

生きているのにそう思わせておくのは申し訳ないし、勇者パーティの仲間だった者として、せめて二人の婚姻《こんいん》におめでとうの一言も言いたいな。

「どれ、行ってくるか」

俺は周囲を見渡《みわた》し、最初に目に留まったスズランの花を摘《つ》み、懐に入れる。

聞けば二人は王宮で各方面からの祝辞の挨拶《あいさつ》を受けているらしい。

今なら面倒《めんどう》な手続きを踏《ふ》まなくても簡単に挨拶できそうだ。

◆　◆　◆

晴天の中、王宮の前に仮設のテントのようなものが張られ、挨拶をする人の検査がされている。

当然のように、そこにも長蛇《ちょうだ》の列ができていたが、先程《さきほど》の検問ほどではない。

「いい天気だなぁ」

俺はその最後尾《さいこうび》に並ぶ。

皆《みな》がやけにじろじろと俺を見るのだが、まあ気にしない。

衣服を扱《あつか》っている店にいくつか出向いたが、残念ながら今日はどこも閉店。

そういうわけで、しかたなくボロボロの衣服のまま、並んでいる。

空を見上げてにんまりしながら、久しぶりの日光浴を楽しんでいた。

腹が満たされ、ぽかぽかとした陽《ひ》に当たるということがこんなにも癒《い》やされることだとはなぁ。

そんな時。

「なんだか、すごく幸せそうですね」

風鈴《ふうりん》が鳴ったような、涼《すず》しげな声が後ろから響《ひび》いた。

「ん？」

振《ふ》り返るとそこには、黒髪《くろかみ》をポニーテールにした、ワインレッドのマーメイド型ワンピースを着た女性がこちらを見て微笑《ほほえ》んでいた。
16、17歳《さい》くらいだろうか。
精巧《せいこう》に作られた人形のような整った顔立ちに、キメの細かい肌。

理想的なボディラインに、スカートから伸びる雪のように白い脚《あし》。

美しい人だ。

まぁ、俺には煉獄《アシュタルテ》の巫女がいるが。

「すごく満ち足りた表情をされていたので、つい羨《うらや》ましくて」

どうやらぽかぽか感とともに、かつてない満腹感が顔に出てしまっていたようだ。

「こんにちは。挨拶に来た人ですか」

「はい……あ、ごめんなさい、初対面なのに馴《な》れ馴れしく接してしまって」

そう言って女性が名乗ろうとする。

俺はそれを手で制した。

名乗られると、俺も名乗らなければいけなくなる。

「それは別にいいよ。でも羨ましいって？」

俺の言葉に、女性は小さな苦笑いを浮《う》かべて頷《うなず》いた。

「私、嫌《いや》なことが続いていたので……ここのところ、なんだか笑えなくて」

そう言って、女性はポニーテールを揺《ゆ》らして俯《うつむ》いた。

「なりゆきほど」

ばったり会った俺が詳細《しょうさい》をいきなり尋《たず》ねるのは少々不躾《ぶしつけ》なので、ひとまずスルーする。

すると、女性が俺の顔をじっと見て、訊ねてきた。

「参考までに聞かせてもらえませんか。どんなことをお考えになって、それほどの笑顔《えがお》でいたのでしょう」

「太陽がぽかぽかするって、いいなと」

「……えっ……？」

女性がきょとんとした。

「もっと突飛《とっぴ》なことだと思った？」

きっと俺だけじゃない。

魔界の殺伐《さつばつ》とした日々を過ごせば、誰しもこんなささやかなことで幸せを感じるに違いない。

しかも俺、回廊に囚《とら》われたしな。

「なんだかすごく話しやすい人ですね。構えなくていいのが不思議です」

女性がその顔に微笑《びしょう》を浮かべた。

「どこにでもいる凡人《ぼんじん》だよ」

「そうでもないですよ。私の周りは常に気を張らなければならない人間関係ばかりですし」

「うへぇ……なるほど、だから笑えないんだね」

「小さなミスも咎《とが》められる日々です」

「じゃあきっと、こんなボロなんて着てられないね」

俺は焼け焦《こ》げてところどころ穴の空いた神官服をつまんで持ち上げる。

いや、もはや神官服なのかもわからないだろう。

女性がくすっと笑った。

「でも、そうやって欠点をさらけ出せる人ってすごいなと思います」

そういう気取らないところが、話しやすさを感じさせるんですよ、と付け加える。

「俺、欠点でできているんで」

女性がぷっ、と噴《ふ》き出しそうになる。

「……そんなふうに言い切れる人、初めてお会いしました」

「あ、そう？」

「世の中、背伸《せの》びして自分を良く見せようとする人が多い気がして」

「あなたの前ではきっとそうだろうね—」

「え？」

そりゃこんな綺麗《きれい》な人を前にしたら、誰だって背伸びしたくなるに違いない。

すごいとか素敵《すてき》とか言われたら、その日一日、すべてが光り輝《かがや》く。

男ってそんな生き物だと思う。

「ああ、こっちの話。……まぁ人生は山あり谷ありですよ。あなたにもきっともうすぐ山が来ます」

「なんだか地獄《じごく》に着いちゃうんじゃないかしらというくらい、最近は谷ばかりですよ」

「あなた、なかなかうまいこと言いますね」

「うふふ。うまいこと言っちゃいました」

女性がとうとう、右手で口を押《お》さえて笑った。

「あ、笑ってるじゃないですか」

「わ、笑ってません」

「笑ってるよ」

「うふふ」

女性がにこっと笑った。

とても愛らしい、惹《ひ》きつけられる笑《え》みだった。

こんな素敵な笑顔を持っている人が笑えなくなるなんて、世も末かもしれん。

いや待て、世は救ったばかりか。

「お二人のご結婚を祝いに来たら少しは気持ちが晴れるかなって思ったのですが、正解でした」

「そりゃぁ、よかった。こんなところでお役に立てて」

「うふふ。あー良かった」

それから少し打ち解けて話をした。

どうやら彼女《かのじょ》は日々気の乗らない見合い話ばかりで、疲《つか》れてしまっているのだという。

良家の娘《むすめ》といったところか。

年頃《としごろ》だし、政略的なものもあって、きっと仕方がないんだろうな。

「ところで、これからお二人にご挨拶されるのですか」

「そうなんだ。こんなナリだけど、どうしても言いたいことがあってね」

一緒に、今日はどこも衣服屋が休みのようだと伝える。

「……どうしても言いたいこと？」

女性は影《かげ》を落とすほどの長いまつ毛をぱちぱちと揺らして、瞬《まばた》きする。

「二人とは縁があってさ。挨拶と一緒に、きちんと別れも告げたい」

アラービスのやつが俺を嫌《きら》っていたことくらいは、自分でもよく認識《にんしき》している。

二人の安否は確認できたから、挨拶を済ませたら、さっさと去るつもりだ。

しかしそこまで言うと、女性はなぜか神妙《しんみょう》な面持《おもも》ちになった。

「別れってもしかして……三角かんけ……」

「――次の方どうぞ」

女性がなにかを言いかけたところで、俺が呼ばれ、検査の番になった。

彼女から離《はな》れて、検査を受ける。

しかし。

「申し訳ありませんが、そのような衣服での祝辞は許可できません」

検査をしているメガネのお婆《ばあ》さんが、俺を見るなりきっぱりと言った。

「少し顔を見るだけでいいんです」

「だめです。あなたは検査をするまでもありません。お帰りください」

「ですよねー」

少々考えが甘《あま》かったようだ。

まあいい、ひとまず出直そう。

明日、明後日《あさって》になれば衣服屋も営業してくれるだろう。

名乗らなければならないだろうが、それから王宮に直接申し入れて挨拶にいくか。

などと考えていると、後ろからカッカカッ、とヒールで走り寄ってくる音がした。

すぐに腕を組まれて引っ張られる。

むにっ、という感触《かんしょく》。

「……ファ？」

「一緒に来てください」

俺を引っ張っているのは、さっきまで後ろにいた黒髪の女性だった。

◆　◆　◆

俺たちは王宮から離れ、街のメインストリートを駆《か》けていた。

俺は相変わらず、謎《なぞ》の美女に引っ張られている。

「い、いいの？　並んでたのに」

「そんなに待ってませんでしたし」

「いや、そうでもなかったでしょ」

「どうしても言いたいこと、あるって言いましたよね」

走りながら、俺を見る黒髪の美女。

「……まあ、それは後日でも……」

「言うタイミングは今しかありません。私も手伝いますから」

「……へ？」

言うタイミング？　もしかして何か、誤解してる？

「あのさ……」

「――ここです」

女性はメインロードに面していた衣服屋に俺を連れてきた。

ここは先程訪《おとず》れたところだ。

「待っていてください」

そう言って女性は鍵《かぎ》を取り出し、一人で店の裏に回ると、中に入って店を開けてくれた。

「どうぞ」

女性は閉められていたカーテンを開けながら言う。

「おお、いいのか」

「身内が経営する店でして。左手側に布装備がありますので」

「まじかー。ありがとう」

なんていい人なんだろう。

俺は頭を下げると、左の棚《たな》のところへ行き、陳列《ちんれつ》されていた衣服を手に取る。

「これにしようかな」

今と似たような色合いの服を探し、すぐに決めた。

白地が多いが、随所《ずいしょ》に黒の紋様《もんよう》をあしらっている軽い生地《きじ》の衣服だ。

手に取るとちょっと小さい気がしたけど、着てみたらサイズはピッタリ。鏡を見るまでもない。

「買われます？　貸すならお金はいりませんが」

「買うよ。金貨3枚と銀貨5枚でいいんだね」

「あ、それは定価なのでもっと安く――」

「はいどうぞ。ホントありがとぅー」

俺は彼女の手に硬貨を握《にぎ》らせる。

「あっ……」

彼女は気のせいか、その白い頬《ほお》を朱《しゅ》に染めたように見えた。

◆◆◆

今度は検査を問題なくパスできた。

お婆さんも、俺がボロを着ていたさっきのアレだと気づかなかったようだ。

「よかったですね」

「うん。でも付き合わせちゃって」

俺は隣《となり》でヒールを鳴らして歩くポニーテールの女性に頭を下げた。

ワインレッドのワンピースを着ていた彼女も、気が変わったのか俺と一緒に着替《きが》えていた。

今は黒いジャケットを羽織っているけれど、中は肩の出た純白のワンピースで、先程よりも上下ともに肌の露出《ろしゅつ》が多いものだった。

はっきり言って、目の保養を超《こ》えたレベルだ。

挨拶を終え、すれ違っていく人たちも、食い入るように彼女を見ている。

実は検査でもこの人の美しさを認めた上で、「花嫁《はなよめ》より目立ってしまうかもしれないから、絶対にジャケットは脱《ぬ》がないでほしい」と言われたくらいだ。

そんな人が、俺の隣を歩いている意味が不明な件。

「いいのです。さっきも言ったように、ただ気の晴れることを探していただけなので。それに――」

女性が微笑《ほほえ》みながら、俺の顔をじっと見る。

「それに?」

「いえ、なんでもないです。さ、行きましょう」

俺たちは案内係に従い、王宮の面会の間に向かった。

◆　◆　◆

銅鑼《どら》が鳴らされ、勇者と聖女が待つ広間に、面会希望者が5人ずつ通される。

赤い絨毯《じゅうたん》が敷《し》かれた広間は天井《てんじょう》が恐《おそ》ろしく高く、窓にはカラフルなステンドグラスが張られ、壁《かべ》には白銀と金のきらびやかな装飾《そうしょく》が施《ほどこ》されている。

その壁の前には、ずらりと武装した兵士が並んでいる。

「では最初の方、お近づきになり、ご挨拶を」

「はいな」

俺はすたすたと前に歩いていく。

1人目の面会が終わるまで、残る4人は入り口のそばで待たされるようだ。

勇者アラービスは白に金で縁取《ふちど》りされたタキシード、聖女ミエルは華《はな》やかなウェディングドレスをまとい、意匠《いしょう》を凝らした椅子《いす》に並んで腰掛《こしか》け、やって来る俺に微笑みかけている。

しかし近づくにつれ、まずミエルの顔から微笑が消え、その目が見開かれた。

がたっと音を立てて、ミエルが立ち上がる。

「……どうした、ミエル」

「…………」

アラービスの問いかけにも、ミエルはただ、その口をぱくぱくさせている。

「……サクヤ……生きていたの」

やがてミエルの口から、そんな言葉が漏れた。

「サクヤ？　……サクヤだと」

その発せられた言葉で、アラービスがはっとして立ち上がる。

アラービスの手が腰《こし》の剣に伸びたのを見て、俺はさすがに足を止め、首を傾《かし》げた。

なぜそなたはそこで武器をとろうとする？

「……お、お前……死んだんじゃ……」

アラービスの声がかすれた。

ああ、なるほど。幽霊《ゴースト》と思ったわけか。

「ちゃんと生きてるよ。といっても、今さら名乗り出たかったわけじゃないんだ。ただ、ともに過ごした仲間として祝いの言葉をと思っただけで」

苦笑しながら、肩をすくめた。

「…………」

あたりがシーン、と静まり返る。

挨拶に来ただけなのに、なんですかこの不穏《ふおん》な空気は。

「本当にサクヤなの？　……そんなに若かったかしら」

ミエルは棒立ちしたまま、穴が空くほどに俺を凝視《ぎょうし》している。

一方で、アラービスの手は剣の柄《つか》から離れない。

「さすがに若返りはしないよ。あの後、『回廊』に囚われて帰りが遅《おそ》くなったけど」

「……か、回廊？」

「さて、二人ともおめでとう。時間がないので始めようかな」

ミエルの問いかけはスルーして、祝辞を始める。

アラービスが舌打ちして椅子に腰を下ろすと、どこかバツの悪そうな表情でミエルを覗《のぞ》き見る。

ミエルはそんなアラービスには気づかず、見るからに再会を喜ぶ表情に変わっている。

あぁ、良かった。ミエルとは以前と同じように通じ合えた気がする。

俺は話の結びの前に、摘んできたスズランの花をミエルに手渡《てわた》した。

「……最後に本当におめでとう。二人はお似合いだと思う。幸せになってくれ」

「たいした皮肉だな、サクヤ」

祝辞が終わった途端《とたん》、アラービスが引き攣《つ》った表情で再び立ち上がる。

「……へ？」

「本当はミエルを俺に取られると思って、慌《あわ》ててやって来たんだろう」

アラービスが変な笑い方をした。

広間がざわざわとし始める。

「……は？」

なに、その被害妄想《ひがいもうそう》。

「はっ！　とぼけやがって。だが一足遅かったな。ミエルはもう、お前じゃなく俺を選んだんだよ」

「……ちょ、アラービス！　やめてこんなところで」

ミエルが顔を真っ赤にして立ち上がり、抗議《こうぎ》する。

しかしアラービスの口は止まらない。

「俺が魔王を倒し、その10スキルポイントで圧倒《あっとう》的な強さを手にした。もはやすべてにおいて、俺がお前より上だ」

「アラービス、俺はただ――」

カツカツ――。

「黙《だま》れ。もう一度言う。ミエルは俺を選んだ。この事実を認めろ」

「あのな、アラービス――」

カツカツカツ――。

「そうやっていい人ぶって登場して、ミエルの気持ちを揺るがせようとしても無駄《むだ》だ！　もうこの世界一の美女は俺の嫁《よめ》なんだよ！」

アラービスが広間に響き渡《わた》るほどの大声で怒鳴《どな》り散らした。

刹那《せつな》、俺の右腕《みぎうで》がぎゅっと組まれた。

むにゅ。

「……は？」

「……！」

俺が驚くのと、アラービスがはっとしたのは、ほぼ同時だった。

「はじめまして勇者様。そして聖女様。ご結婚おめでとうございます」

黒髪をポニーテールにした真っ白な乙女《おとめ》が俺の隣に寄り添《そ》い、その凛《りん》とした横顔を見せていた。

さっきまで後ろにいた人だ。

「……え……？」

今度は、俺とミエルの声が重なった。

あれ、ちと待て。真っ白？

この人、黒のジャケット着てないんですけど。

「勇者様、この方はあなたの花嫁様を奪《うば》いに来たのではありません」

「……なに」

アラービスが眉《まゆ》をピクリと揺らした。

「だって私、この方とお付き合いしていますもの」

「……へ？」

「……えっ？」

再び俺とミエルの声が重なった。

「…………」

アラービスはあまりのことに、呼吸を忘れているようだ。

「私、心から感謝しています。こんな素敵な人に出会えたことが夢のようで」

隣の女性は俺をすぐそばから見つめて柔《やわ》らかく微笑むと、伏し目がちに結んでいた髪《かみ》を解《ほど》いた。

漆黒《しっこく》の髪がさらりとその肩に舞《ま》い落ちる。

「……！」

その追随《ついずい》を許さない美しさに、広間にいた誰もが目を奪われた。

この上なく着飾《きかざ》った花嫁の隣にいた、アラービスでさえも。

「おお……！」

「なんと美しい……まるで天使だ」

「……いったいどなたただ、あれは」

広間から、どよめきの声が上がる。

「アラービス様、本当に感謝しております」

私のライバルになるはずだった人と結婚してくださって、と彼女は小さく付け加えた。

「……だ、誰なの、サクヤ」

呆然《ぼうぜん》とする聖女ミエルの顔からは、表情というものが消えていた。

いや、俺にも誰だかわかりません。

「それでは失礼します。重ねて、ご結婚おめでとうございます」

そんな不穏な空気のまま、俺たちの祝辞は終わった。

◆
◆
◆

王宮からの帰路。

「うまくいきました」

黒髪の女性が、隣でその高い胸を張る。

「でも、なぜあんなことを」

「だってご挨拶に伺《うかが》っただけなのに、アラービス様の応対が刺々《とげとげ》しくて、自分のことのように腹が立ちまして……」

「うへ」

「ついやってしまいました……ごめんなさい。反省しています」

隣の女性が急に声を落とし、腰を折るように頭を下げた。

黒髪の間に、大きな胸の谷間が映る。

「いやいや、気にしてないし、むしろ嬉《うれ》しかったっていうか」

こんなきれいな人が一瞬《いっしゅん》でも恋人《こいびと》だとか、夢すぎる。

「あら、本当ですか」

「ホントホント」

「でもごめんなさい……公然の場所で言っちゃいましたから、私たち、恋人になっちゃいました」

「アハハ。そうだね」

つまり、聞かれたら別れたって言えということですね。

よく心得てます。こんなワタクシめの窮地《きゅうち》に力添《ちからぞ》えをもらっただけで感謝してます、はい。

「あの……大丈夫《だいじょうぶ》でした？」

女性が上目遣《うわめづか》いにこちらを見る。

「ぜんっぜん」

「嬉しい。良かったです」

女性がこの日一番の、とびきりの笑顔になった。

などと話していると、いきなり目の前に黒塗《くろぬ》りの馬車が駆け込んできた。

そこから黒服の執事《しつじ》らしい人たちが、３人降りてくる。

「姫、捜《さが》しましたぞ！」

「こんなところまで来て、いったいなにをなさっていたのです！」

「姫様……こんなどこの馬の骨とも知れぬ男と何を！」

見ている間にも、俺の隣の人が執事（兼ボディーガードかな）たちに囲まれる。

女性は抵抗《ていこう》せず、ただ観念したようにため息をつく。

やはり良家の娘さんか。

一応言っておくと、姫と呼ばれても、本物のお姫様というわけではない。

この世界では、召使《めしつか》いや執事が仕えている家の娘を姫と呼ぶのはよくあることだ。

「捕《つか》まっちゃいました」

女性は顔だけをこちらに向けてにこっと笑った。

「サクヤさん。楽しい時間をありがとう」

愛らしい笑みだった。

まあ、確かに楽しかった。こんなきれいな人と恋人ごっことか、悪くない。

もうこんなことは二度とないだろうが。

そう考えていた俺に、彼女はウィンクして言ったのだった。

「浮気《うわき》はダメですよ」

「……え?」

思考が吹き飛ぶ。

「それじゃあ、また」

胸元《むなもと》で小さく手を振ると、彼女は馬車に乗って去っていった。

◆　◆　◆

黒塗りの馬車を見送りながら考える。

「いやいや、ありえない」

まあ最後のはどう考えても冗談《じょうだん》でしょう。会ったばかりだし。

誤解したくなるのは男の性《さが》ってやつですよね。

俺はすっかり小さくなった馬車に背を向けて、歩き出す。

(それより、気づいてなかったな)

俺が勇者パーティの生き残りだとは悟《さと》られずに済んだようだ。

まあ当然か。魔王に挑《いど》むという話になっても、称《たた》えられたのは勇者と聖女だけで、二人が連れていた5人は名前すら公表されなかった。

シュバルツのやつが一昨年《おととし》に国防学園博士課程を首席で卒業して多少有名だったくらいだ。

俺は最後の最後でパーティに加えられたおまけ。

もう一人回復職《ヒーラー》を、という建て前だったけど、実際は魔界案内の船頭だったしな。

まぁチカラモチャー感も満載《まんさい》で、好きだったけどさ。

関係ないけど船頭……いい響きだ。

「さて、この国からは出た方がいいよなぁ……」

アラービスが何を誤解しているのかわからないが、俺への嫌悪《けんお》がハンパない。

魔王を討伐したアラービスはこの王国で成り上がることだろう。

国政にも一枚噛《か》んでくるはずだ。

ならば、もはやこのリンダーホーフ王国に俺の居場所はない。

『漆黒の異端教会《ブラック・クルセイダーズ》』の教会に挨拶に行こうと思っていたが、さっさと出た方が身のためかも。

俺、破戒僧《はかいそう》になっちゃったから、あそこにも居場所ないしな。

うん。やめよう。別に行きたくないわけじゃないよ。

「あんたねぇ！　こんだけ不在にしといて真っ先にあたしに挨拶に来ないっての⁉　ふざけんじゃないわよ！」

と怒鳴られるのが嫌なんじゃないんだ。

あの人もきっとわかってくれる。見かけよりいい人だもの。

◆　◆　◆

「……この気持ち……」

馬車に揺られながら、フィネス第二王女は胸の高鳴りが異様に続いていることに驚いていた。

今まで幾度《いくど》となく男性と見合いをしてきた。

その数は３００を下らない。

それなのに、こんな経験はかつて、一度もなかった。

「どうして……」

右手を胸に当て、深呼吸をするが、それでも高鳴りは収まらない。

頭にはあの人の笑顔が焼き付いて離れなくなっているのだった。

（私、もしかして……本当にあの方に……？）

いつもと違い、惹かれているのは、なんとなく気づいていた。

だから別れ際《ぎわ》は、おのずとあんな言い方になったのだ。

だが、もう手遅《ておく》れである。

これは段取りされた見合いとは違い、ただ偶然《ぐうぜん》、ばったりと出会っただけの人なのだ。

2度目は簡単には会えない。

「…………」

しかしこの胸の高鳴りよう。

あの方と離れた途端、湧《わ》き上がった強い感情が自分を急《せ》かしている。

そう、まるで人生の大事な分岐《ぶんき》を間違えたかのような、胸騒《むなさわ》ぎ。

いつもの見合いの時間の半分も過ごしていないのに、これほどまでに男性に惹かれるとは。

「これが……」

これが、恋《こい》をした皆が口を揃《そろ》えて言う『運命の瞬間』というものなのか、とフィネスは感じた。

「馬車を停《と》めてください」

フィネスは意を決して、御者《ぎょしゃ》に告げる。

もはや、迷う時間は無駄でしかない。

「姫？」

「もしや酔《よ》いましたかな」

「違います。さっきのあの方の元へ戻《もど》りたいのです」

「…………」

一瞬、御者席にいる近衛《このえ》兵の３人が無言になった。

「……なにかお忘れ物でも？」

「私、あの方なら愛せるかもしれないのです」

フィネスは堂々と告げた。

「…………」

再び訪《おとず》れた沈黙《ちんもく》。

「姫。正気でございますか」

「正気です」

「姫。お考え直しくだされ。あんなどこの馬の骨ともわからぬ男を……」

「あなたたちは揃いも揃って父上の言葉をお忘れですか」

フィネスが鋭《するど》く言い返した。

父上とはつまり、現国王エイドリアン＝ブラム＝ル＝ホンデラス８世である。

「そ、そんなつもりでは！」

「ですが姫、あの男はすでに雑踏《ざっとう》に消え、どこに去ったかも……」

近衛兵たちが顔を見合わせ、動揺《どうよう》する。

「探します。こんな気持ちになったのは初めてなのです」

「し、承知致《いた》しました！」

馬車が急停止し、１８０度反転する。

馬の嘶《いなな》きとともに、馬車は猛《もう》スピードで逆走し始めた。

フィネスは扉《とびら》の取っ手に掴《つか》まりながら、窓の外を見る。

（まだあの近くにきっといらっしゃる……！）

さっきまでの自分が、なんと愚《おろ》かだったのかと思う。

どうしてもっと詳《くわ》しくあの方のことを訊かなかったのだろう。

今となっては、名前と容姿しか、手がかりがない。

こんなにも逢《あ》いたくなってしまっているのに。

（参ったわ。こんな大事な時に限って、カルディエがいないのだから……）

フィネスは唇《くちびる》を噛んだ。

カルディエというのは、フィネスよりひとつ年下の王族護衛特殊兵《ロイヤルガード》を務める少女で、フィネスと同じ剣術《けんじゅつ》に習熟し、幼少の頃からの友人でもある。

（もし機転のきく彼女がいたなら）

自分の変化を早々に見て取って、もっとサクヤ様のことをあれこれ訊ねてくれていただろう。

そもそもサクヤ様と離れることすらなかったかもしれない。

「姫！　このあたりでございます！」

馬車が停まると、フィネスはいつも開けられるまで待つ扉を、自ら開けて降りた。

「ありがとう。よかったら一緒に探してもらえると嬉しいです」

「承知しております！　おい、手分けして探すぞ！」

「名はサクヤ様。25くらいの黒髪の男性で、うちの店の服を御召《おめ》しになっています」

後で落ち合う場所を決めると、さっきとは打って変わって四散していく近衛に、フィネスは心強いものを感じて笑みを浮かべた。

(きっとこっちだわ)

自身は出店のある街の広場の方へと向き直ると、ワンピースの裾《すそ》を押さえて走り出す。

さっき話していた時に少し空腹だというような話があった。

出店のあたりにいらっしゃるかもしれない。

(もし、もう一度会うことができたら――)

そう考えるだけで、フィネスの心が、弥《いや》が上にも高鳴る。

サクヤに訊ねたいことが、整理しきれないほどに溢《あふ》れていた。

しかし、今日という日は人探しには全く向いていなかった。

ミエルとアラービスの婚姻の儀式《ぎしき》で、人が溢れていたのである。

容姿はしっかりと覚えていたが、似たような衣服で正装している人は予想以上にいた。

やがて、事前に決めた待ち合わせの時刻がやってくる。

「フィネス様」

「……見つかりませんか」

「駄目《だめ》ですな」

近衛の兵士たちが首を横に振る。

結局フィネスたちはその人物を見つけることができなかった。

◆　◆　◆

月明かりが差し込む、石造りの室内。

リンダーホーフ王国の王宮東館3階にある『聖女の間』である。

「サクヤ……生きていたなんて」

その室内で、深い蒼髪《そうはつ》をゆるく一本に縛《しば》り、上質な鎖《くさり》の鎧《よろい》を身にまとった女が、天蓋《てんがい》付きベッドに浅く腰掛けながら、そんな言葉を何度も繰り返していた。

その手にのせられているのは、小さな白い花。

彼女は光の聖女ミエルである。

「……挙式、しちゃったじゃないの」

後悔《こうかい》したような言葉に反して、ミエルは幸せに満ちた笑みをその顔に浮かべていた。

サクヤが生きていたことは、今日の失態などどうでも良くなるほどに嬉しいことだったのだ。

「……親愛なるラーズ様、此度《こたび》は心より感謝致します……」

ミエルは花を膝《ひざ》の上に置くと、何度目か知れず、自らの神に感謝の祈《いの》りを捧《ささ》げる。

「――ミエル！　居るんだろ」

そんな大切な時間を、さっきからこの忌々《いまいま》しい声が打ち破っている。

「さっきのは謝《あやま》るからここを開けろって！　いい加減にしないと、俺も忙《いそが》しいんだぞ！」

横柄《おうへい》な態度でドンドン、と扉を叩《たた》き、ワンパターンに吼《ほ》え続けているのは、今日正式に夫となったアラービスだった。

（馬鹿な人）

ミエルはくすっと笑った。心を翻《ひるがえ》した自分に、もはや謝罪などなんの意味もないというのに。

自分がこんな男とわかっていながら結婚した理由は、たったひとつ。

サクヤが死に、そしてアラービスが生き残ったことが、神の御意志だと勘違《かんちが》いしたからである。

（長かった付き合いも、これで終わり）

ミエルはまとわりついている何かを払《はら》いのけるかのように、その蒼《あお》い髪を両手で後ろに払った。

ミエルとアラービスは、７歳の頃からの幼馴染《おさななじみ》である。

ミエルが９歳になろうかという頃、この男が勇者に選ばれた。

ほぼ同時にミエル自身も聖女となったことを受けて、「いつかこの人と結婚するんだろうな」と当然のように思い込んでいたのがいけなかった。

学園と教会とを往復し、夜遅《よるおそ》くまで詰《つ》め込み教育を受けていた頃にアラービスと付き合い始め、５年が過ぎた。

人生の伴侶《はんりょ》とする人物なのだから、その器《うつわ》を考えなかった自分が悪いと言えば悪いと思う。

当時のミエルは光の神ラーズを尊ぶように、この人しかいないのだと信じて疑っていなかった。

サクヤに会うまでは。

「でも、サクヤは生きていた……」

ミエルは手のひらの中の白い花を見つめ、幸せに満ちた笑みを浮かべた。

サクヤと出会ったのはアラービスと入籍《にゅうせき》し、挙式を残すだけになっていた魔王討伐の数ヶ月前だった。

『魔界の案内役』として追加で補充《ほじゅう》されたサクヤは、黒い神官服を着て現れた。

ラーズが『裏切りの色』として忌《い》み嫌う黒を身にまとっていながら、神官を名乗っている時点で、ミエルの第一印象は到底《とうてい》良いものではなかった。

加えて、サクヤは神に仕える者とは思えぬほどによく笑うので、ミエルは何度も眉を顰《ひそ》めたのを覚えている。

光の神ラーズは笑うこと自体を否定はしないが、常日頃から厳しく己《おのれ》を律することを求め、多すぎる笑いを好ましいとは考えないからである。

さらに言えば、サクヤは〈僧戦士《クルセイダー》〉であった。

回復職《ヒーラー》として活躍《かつやく》しながら、剣を握って前線で戦うこともできる、といえば聞こえは良いが、その実、前衛としても後衛としても中途半端《ちゅうとはんぱ》な器用貧乏《びんぼう》、というのがもっぱらの評判の職業だった。

それだけに、魔界に降りるまでは自分を含《ふく》め、パーティの面々はサクヤのことをお荷物と考えていた節があった。

しかしひとたび魔界に降りると、状況は予想外の方向に一変した。

噂には聞いていたが、悪魔たちが想像以上に強敵だったのである。

それはひとえに、相手の土俵に入って戦っているからに他《ほか》ならなかった。

魔界では、悪魔たちは様々な加護を受け、地上で遭遇《そうぐう》する時よりも力を増しているのである。

もちろん勝てない相手ではなかったものの、その影響《えいきょう》で仲間達は常にピリピリとするようになり、互《たが》いの小さなミスですら厳しく咎めるようになっていた。

特にミエルに対しては、いっそう厳しい視線が向けられていた。

魔界の魔物は概《がい》してミエルの力で弱化が可能であり、これがたいてい、戦いの皮切りとなる。

だが敵は、常にミエルにわかるように現れるとは限らない。

乱戦になってしまった際は、優先順位を間違えることくらいはどうしても起きてしまう。

そうやって、ギリギリの戦いになってしまった後は、やはりミエルに非難が集中した。

死と隣《とな》り合わせなだけに仕方のないことだとミエルは言い聞かせ、真摯《しんし》に受け止めていたが、責められると、やはり心のどこかで切なかったのだ。

毎日、幾度となく繰り返されるそれが、ミエルの心の負担にならないはずがなかった。

そのせいで意図せずとも身体《からだ》に力が入り、魔法を的確に飛ばせなくなり、いっそう批判が集中するという悪循環《あくじゅんかん》に陥《おちい》った。

そんな自分を助けてくれたのはアラービスではなく、サクヤだった。

――ミエルは弱化より回復を優先したんだ。判断は正しいよ。

——それは詠唱《えいしょう》に時間がかかるんだ。下級に見えても、詠唱の速いあの魔法がベストだったさ。

——いや、ミエルじゃなく俺が悪かったんだ。あそこで切り込まなかったからね。

同じ司祭ということもあって、サクヤは神に仕える者が人知れず抱《かか》える悩《なや》みを理解し、ミエルを気《き》遣《づか》ってくれた。

男性の優しさというものを、ミエルはサクヤを通じて初めて知った。

アラービスと付き合い続けた5年間で、ミエルは一度もそんなものには触《ふ》れなかった。

いや、アラービスは優しさどころか、仲間とともに自分を非難していたくらいである。

やがて戦闘《せんとう》では、サクヤはミエルを完全にバックアップする位置で動くようになってくれた。

視線を交《か》わすだけで回復魔法《ヒール》が無駄に重ならないように放つこともできた。

阿吽《あうん》の呼吸でミエルの意図を汲《く》み、ミエルの行動をサポートしてくれた。

そういった他人から気づかれにくい地味な動きが、パーティにとっての最善になっていることをサクヤは見抜《みぬ》いていた。

そうして気づくと、パーティメンバーからの不満《クレーム》は随分《ずいぶん》と少なくなっていた。

ミエルの心が、サクヤを求めるようになったのは当然だった。

サクヤはミエルにとって、まさに救いだったのだ。

「……サクヤ。もう一度逢いに来て」

自分は今やっと、本当の気持ちに従うことができる。

神はアラービスを選んだのではなかったから。

だが、サクヤはもう来ないだろう。アラービスにあれほどにコケにされたのだ。

逢うなら、自分から探して出向くしかない。

「――シジュ、来て頂戴《ちょうだい》」

ミエルはさきほど身につけておいた『純鎖の鎧』を鳴らしながら、立ち上がる。

「はっ。ここに」

ミエルの前に現れ、片膝《かたひざ》をついて畏《かしこ》まったのは、頭部と顔の大半を隠《かく》した黒装束《くろしょうぞく》の者。

【くノ一】と呼ばれる職業の女であった。

シジュはミエルに忠誠を誓《ちか》っており、魔界を除いた聖女の旅において影のように寄り添い、ミエルの安全に寄与《きよ》してきた。

「サクヤが生きていたわ」

「それは喜ばしいことですね」

「ねぇ見て。この花をくれたの」

ミエルは子供が誕生日プレゼントを貰《もら》ったかのような様子で言った。

「スズランですか。お優しいことで」

シジュがその意味を悟り、付け加える。

「でも私ったら、どうしてあと少しが待てなかったのかしらね。よりにもよって生還《せいかん》した日に挙式をしてしまうなんて」

「事実とは奇妙《きみょう》なものでございます」

「シジュ。そこでお願いがあるの」

「なんなりと」

シジュが深々と頭を下げ直した。

「ここからの逃亡《とうぼう》を手伝ってほしいの」

「………」

シジュが頭を下げたまま、硬直《こうちょく》する。

「本気でございますか」

「この期《ご》に及《およ》んで、私が冗談を言っているように見えるの」

シジュが小さく咳払《せきばら》いをした。

「……ひとつ、訊くまでもないことを伺ってもよろしいですか」

「なに」

「アラービス様はどうなさいますか」

ミエルは鼻を鳴らした。

「もういい加減に愛想《あいそ》が尽《つ》きたということ。彼から逃《に》げて、私はサクヤを探す」

ミエルはその整った顔に浮かんだ不快そうな表情を隠そうともしなかった。

生還したその足で挨拶に来てくれたサクヤを罵《ののし》ったのも許せなかったが、そのサクヤの前でミエルのひそかな恋心《こいごころ》を暴露《ばくろ》されたのは、さすがに我慢《がまん》ならなかった。

王宮の小うるさい宮廷《きゅうてい》婦人たちにも全部聞かれた。

聖女様、意中の男性がもう一人いらしたんですって。

まぁ……婚姻までなさっておきながら、内通ですの……？

気の多い聖女様ですこと。かつてありませんわね。

魔界の旅は、毎晩さぞかし楽しいものでしたでしょうね。


今日からいったい何日、いや何年ヒソヒソした笑い声に耐《た》えねばならないのか。

そう思うと、心底うんざりさせられた。

「私の勝手な推測にございますが」

シジュがためらいがちに、口を開いた。

ミエルに従順な彼女がこのように言葉を返すのは、異例のことであった。

「アラービス様はこのリンダーホーフ王国にとって、なくてはならない存在になるお方かと」

シジュは見抜いていた。

生まれる我《わ》が子が先天異常を持つ子供ばかりで嘆《なげ》いている現国王が、アラービスを可愛《かわい》がり、そういう目で見ていることを。

そしてこの時のシジュの読み通り、近い将来にアラービスは大出世をすることになる。

「どうでもいい。金輪際別れたいの。今すぐ動いて」

白い愛らしい花を両手にのせたミエルが、それを見つめながら言った。

スズランの花言葉は「再来する幸せ」である。

「承知いたしました。行く先はどうなさいますか」

「考えていなくてよ。あなたにいい案はあって？」

「完全に雲隠《くもがく》れされるなら、いったんは我が里が好ましいでしょう」

「なるほど、いい考えね」

シジュの『忍《しの》びの里』はリンダーホーフ王国内の森の中から通じているが、それを知るのは里の者たちだけである。

周囲には【迷いの森】の効果が付与《ふよ》されており、簡単に立ち入ることができないのである。

さらに里には『失われた技術』とされる古代王国期の転送装置が無傷で残っている。

この事実をエルポーリア魔法帝国《ていこく》の者に知られたら、何千人という研究者が押し寄せてくるかわからぬほどの貴重な装置である。

「何分不自由な里でございますゆえ、準備に時間がかかります」

一般人《いっぱんじん》たるミエルを里に連れていくのは簡単なことではない。

一時的に【迷いの森】の効果を弱めて導き入れる必要があるためである。

「……そう。どれくらい待てばいいのかしらね」

「最低でも10日は。それまで神殿《しんでん》で匿《かくま》って頂くのがよろしいかと」

「いいわ。あ、それからもうひとつお願いしたいことがあるの」

そう告げたミエルの顔から、穏やかさが消えた。

「なんなりと」

「サクヤの隣にいた黒髪の女よ。あなたも見たでしょう」

「はい」

「何者か調べて頂戴」

ミエルの声が低くなった。

その顔には、あからさまな嫉妬《しっと》が浮かんでいた。

「承知いたしました」

シジュは頭を下げたまま、いつものようにその命令を引き受けた。

どんな難題であれ、シジュは断ることなどしない。

シジュにとっては、そんな選択肢《せんたくし》などもとより存在しないのである。

「ではミエル様」

シジュが寝室《しんしつ》の窓を大きく開け放った。

カーテンが大きく揺れ、緑の青々しい空気が室内に流れ込む。

「いったん神殿の方へお連れします。こちらへ」

第5話　なんでこんなに寝《ね》ちゃうの？

王都を出た俺《おれ》は馬で走って国境を目指したが、どうにも眠気《ねむけ》が激しくて、そのまま道沿いにあったこぢんまりとした宿に入った。

結構寝たのにな。

睡眠負債《すいみんふさい》ってやつがまだ残ってるのかな。

「いらっしゃい。早いね」

快活そうな40代くらいの女将《おかみ》が入るなり声をかけてきた。

「疲《つか》れが溜《た》まってるので、すぐに部屋で寝たいのですが」

「いまからだと3銀貨はもらうけどいいかい」

「構いません。あと久しぶりに酒をやりたいんですが」

「エール酒ならすぐ出せるけど」

「お願いします」

そういった流れで、明るいうちから久々にエール酒を呑《の》み、借りた宿のベッドで横になる。

お腹《なか》が空《す》いた気もしたので、持っていた魔界《まかい》の回廊《かいろう》の桃《もも》を3つほど平らげた。

「ねみー……おやすみなさい」

………………。

…………。

……。

「マジか」

寝た次の瞬間《しゅんかん》起きたと思ったんだが、なんと朝になっていた。

寝る前のエール酒のせいで、膀胱《ぼうこう》が痛いほどにパンパンだよ、ちくしょう。

宿の1階に下りて爆発物《ばくはつぶつ》を処理し、トイレから出てきたところで、女将さんに会った。

「おはようお客さん。夕飯はいらなかったんだね。起きてくるかと思ってたんだけどさ」

「そのつもりだったんですが」

眠《ねむ》りこけて朝になってしまいまして、と僕《ぼく》は謝罪する。

「別にいいさ。うちらのまかないになったからね。で、朝ごはんだね？」

「お願いします」

20銅貨の硬貨《こうか》3枚を払《はら》い、女将が作った朝食をもらう。

野菜スープとスクランブルになった卵料理、そしてじっくり焼かれたベーコン。

パンがちょっと硬《かた》いけど、現代の食事に近いものだった。

「ごちそうさまでした。……さて」

腹ごしらえを終え、生姜《しょうが》を溶《と》かし込《こ》んだ茶を口にしながら思案する。

リンダーホーフ王国の王都を出たまではいいが、特に行く場所のあてがあるわけでもない。

転生してからほとんどの時間をこの国で過ごしていたしなぁ。

「どの国に行こうかな」

楕円《だえん》の形をしたこの大陸『エーゲ』には7つの国がある。

いや、正確には6つの国とひとつの亡国。

この7つの国はちょうど6つの花びらをもつ花のような形をしている。

花びらを時計回りに見ていくと、1時の位置に昨日まで居たリンダーホーフ王国がある。

3時に剣《けん》の王国リラシス。

5時にイザヴェル連合王国。

7時にレイシーヴァ王国。

9時に滅《ほろ》びた国、亡国ミザリィ。

11時にエルポーリア魔法帝国《ていこく》。

最後に、その6つの国に囲まれた中央に聖《セント》イーリカ市国がある。

「やっぱ剣の国リラシスかな」

俺はまだアイテムボックスに残っていた桃を取り出し、頬張《ほおば》った。

7つの国の中でも最も大きく、温暖な気候に恵《めぐ》まれるこの国は、財政的にも聖《セント》イーリカ市国に次いで豊かだ。

幸い隣《となり》なので、長旅をせずに済むのもありがたい。

その広い国土には古代ダンジョンが多く隠《かく》されていると言われ、冒険者《ぼうけんしゃ》の数は最多。

人口も最大で、『国防学園』と呼ばれる冒険者育成学校は他国と比して最大規模と聞いている。

「どれ、リラシスで理想を成し遂《と》げようか」

冒険者パーティに入って、手に入れたスキルでこっそりチカラモチャーとか……たまらん。

「ふぁ……」

しかし、起きたばかりだというのに、眠い。

気が抜《ぬ》けて、魔界での疲れが出てきたのかな。

朝食で満腹スイッチが入ったせいか、あくびが止まらない。

「また寝るのかい？　同じ部屋なら構わないけど……昼を過ぎたらもう1泊《ぱく》とってもらうよ」

「それで構いません……あふ」

女将さんに相談し、部屋を借り、ベッドに潜《もぐ》り込んだ。


空腹で起きて、桃を食べて、また寝る。

朝だと気づき、延泊《えんぱく》料金を払って、いろいろしてまた寝る。

そうやって寝続けてなんと1週間。

さすがに1週間も経てば、食べても眠くならなくなった。

まあ、魔界での睡眠負債がこれぐらいだったのかもな。

服に袖《そで》を通して、1階に下りる。

なんだろう、袖も裾《すそ》も余る。

俺が縮むわけがないから、寝ている間に服が伸《の》びたということか。

変わった服だな。

「長々とすみませんでした」

俺は女将さんに追加の延泊料金を渡《わた》しながら頭を下げる。

「……あんた、こうやって見ると、なんか別人になったねぇ」

「……へ？」

「こんなに若々しかったかねぇ……？」

延泊料金を受け取った女将さんが俺を見て呟《つぶや》く。

冗談《じょうだん》だと思うんだが、なにか冗談に聞こえない。

「眠り続けて血色がよくなったんですかね」

「だとしたら分けてもらいたいくらいだよ。いったいどうやったんだい」

「ご存じの通り、寝てただけでして」

「……そうだよねぇ……」

女将さんはいまいち納得《なっとく》のいかない様子だったが、今日発《た》つと伝えたら弁当をくれた。

丁寧《ていねい》に礼を言って、俺は剣の国リラシスへと向かう。

「あれ、成長した？」

またがった馬がやけに大きく感じるのが不思議だ。

いつも乗っていたやつなのにな。

◆　◆　◆

途中《とちゅう》で2日間ほど雨に当たったが、それ以外に目立った問題はなく、剣の国リラシス国境まで来ることができた。

馬を下りて、検問に並ぶ。

晴天に恵まれたが、木々が禿《は》げた山間《やまあい》はなんだか空気が乾燥《かんそう》している。

鳥たちの鳴き声や草木の音がないのは、少々寂《さび》しい。

「あらら、かわいい坊《ぼう》やが一人旅？」

「へ？　俺？」

25歳《さい》の青年をつかまえて坊やって、ひどくないか。

「ちょっと、こんな小さいのに俺とか言ってる‼　かわいいー」

国境警備の検問係のお姉さんが俺に微笑《ほほえ》んでいる。何言ってるんだろ、この人。

「王国許可証は持ってる？」

「あ、これで」

俺は持っていた【中尉《ちゅうい》】と書かれた王国許可証を取り出し、見せた。

そこには俺の顔が写真のように魔法で刻まれて映し出されている。

しかし、とたんにお姉さんの顔が険しくなる。

「……こら、こんな別人の許可証じゃダメよ」

「べ……別人？」

「キミ、どう見てもこんな歳《とし》じゃないでしょ？　ああわかった。酔《よ》っぱらいから盗《ぬす》んだのね……今回は見逃《みのが》してあげるけど、こんな悪いことをしてはダメよ」

お姉さんは俺の許可証をどこかに仕舞《しま》ってしまった。

「許可証、返してもらえないんですか？」

「当たり前よ。本当は牢獄《ろうごく》行きなのよ。カワイイから許してあげるけど。子供料金で75銀貨、いえ50銀貨払えるかしら？　許可証がないから入国管理料よ。まけといてあげる」

ウィンクしてくるお姉さん。

何言ってるんだろう、この人。しかも、なぜに子供料金？　俺が半人前だとでも？

しかし説明しても埒《らち》が明かない。

面倒事《めんどうごと》に発展しそうだったので、俺は仕方なく金を支払《しはら》った。

どうやら許可証に映し出された顔と、今の俺が看過できないほどに違《ちが》うらしい。

「いい？　まず国防学園の窓口へ行って自分の王国許可証を作るのよ？　それからじゃないといろいろ面倒だからね」

お姉さんは自身のサインを入れた仮の許可証をくれた。

「作るっていうか、さっきのは間違いなく俺の――」

「それからキミは、俺じゃなくて僕のほうが似合ってるわね。またね坊や。じゃあ次の人」

話の途中でゲートが開放され、入国と相なる。

「『僕』の方がいいって……25歳の俺が？」

落ちそうなほどに首を傾《かし》げていた。

あのお姉さんの話をまとめると、どうやら俺は許可証よりも若返っているらしかった。

もしかして背が低く感じるのは、そのせいか？

そういえば宿屋の女将さんも、若々しくなったねぇと言っていた。

そういやミエルも……。しかし若返るとか、そんなことがありえるのか？

◆　◆　◆

剣の国リラシスの王都である母《マンマ》の地。

この王都では裁縫匠《さいほうしょう》が集《つど》っており、彼《かれ》らが作る下着類《マンマ＝パンツ》が有名だ。

マンマ＝シャツや、マンマ＝パンツ。

うん、シャツはともかく、下の方は母さんのそれっぽくて心が抵抗《ていこう》するけど、欲《ほ》しいかな。

「やっぱり人が多いなぁ」

馬車が行き交《か》う昼の街中は賑《にぎ》わいを見せている。

雑踏《ざっとう》に入ると、耳の良さが少々気になって、意識をそらすことにした。

街並みはリンダーホーフ王国の王都と大差はなく、差といえば馬車が通る脇《わき》の歩道に緑がふんだんに使われていることくらい。

きっと同じ時期に基盤《きばん》がつくられたんだろう。

俺は歩道でオープンしている屋台で購入《こうにゅう》したホットドッグらしきものを食べ終えると（ジューシーで美味《おい》しかった）、衣服屋さんで下着類《マンマ＝パンツ》を買い揃《そろ》えるついでに鏡を借りた。

「……ぎゃふん」

本当に若返っていた。

そういえば、いつも生えてきていたひげも無くなってしまっている。

これは本当に12、13歳っぽい。

（いつからだろう）

ミエルもそんなことを口にしていた気もするが、アラービスなんかは普通《ふつう》に話しかけてきたから、まだそんなにひどくなかったのかもしれない。

思い当たるのはひとつ。寝ている最中に若返りが進行した説。

でも、なんで寝るだけで？

「あ、もしかして」

あの回廊の合間にあった桃を食べ続けたせい？

あの桃、食べると元気が溢《あふ》れて、体の調子がすごく良くなった。

食べるものも他《ほか》になくて、ついつい大量に食べてしまっていたけど、あれを食べてたくさん寝る

という合わせ技《わざ》で、大きく若返るんじゃなかろうか。

だとすれば、回廊の最中で若返りが進行しなかった理由も納得できる。

俺は桃は食べていたものの、あまり眠らずに戦い続けていたからだ。

「とりあえず桃はやめよう……」

まだ100個以上懐《ふところ》に在庫があるが、俺のアイテムボックス内は【アイテムボックス内時間遅延《ちえん》レベル3】のおかげで時間が極《きわ》めてゆっくり進行するので、当面は大丈夫《だいじょうぶ》だろう。

「『俺』もやめようかな」

あのお姉さんに言われた通り、12歳相当なら一人称《いちにんしょう》は僕にしておいたほうが当たり障《さわ》りがなさそうだ。

「まぁいいか」

それで済むはずがないが、若返ってしまったものは仕方がない。

あとは開き直っていこう。なにより、若返っても僕のやりたいことはできる。

「あった。あれだ」

雑踏の中を国防学園の建物へと向かう。白い十字の旗がかかげられているのですぐわかる。

さて、国防学園を簡単に言うと、よくある冒険者ギルドと、軍人育成を合わせたようなものだ。

過去、冒険者を志す若者たちが大した教育も受けずに魔物に挑《いど》み、その若い命を散らしていた。それを嘆《なげ》き、冒険者になりたての若者を学園に入れてまとめ、教師をつけて冒険者の心得と技術を教えることにしたのが始まりだ。

集めたついでに、その中から優秀《ゆうしゅう》な若者をピックアップし、国防に誘《さそ》うという、よく出来たシステムでもある。

日々死と隣《とな》り合わせとなる冒険者を実際に志す者は住民の1割にも満たないが、後に述べる理由で国防学園には若者の3割ほどが入学する。

学園は4年制で、生徒は冒険者としての学問と実技を習い、それを修《おさ》めると同時に地域から寄せられるクエストを教師つきでこなし、自身のランクを上げていくことになる。

ランクは下から順に【二等兵】、【一等兵】、【上等兵】、【兵長】、【伍長《ごちょう》】、【軍曹《ぐんそう》】、【曹長《そうちょう》】、【准尉《じゅんい》】、【少尉《しょうい》】、【中尉】、【大尉《たいい》】と進む。

【大尉】の上はほとんど見ることがないが、6つランクがあり【少佐《しょうさ》】、【中佐《ちゅうさ》】、【大佐《たいさ》】、【少将】、【中将】、そして一番上が【大将】になる。

一方、冒険者となる者でも、学園に入らない例外の者が存在する。

神に仕える僧侶《プリースト》や司祭たちだ。

彼らは学園に入る代わりに信仰《しんこう》する神の神殿《しんでん》で修行《しゅぎょう》し、務めを果たしてランクをもらう。

だから、僕は学園には通っていない。

ちなみにミエルは聖女だったので、神殿の務めの傍《かたわ》ら、学園に通っていたと聞いている。

続けて、ランクの特徴《とくちょう》を大雑把《おおざっぱ》に説明しよう。

【二等兵】から3階級昇進《しょうしん》した【兵長】以上は、冒険者を堂々と名乗っていいくらいの強さだ。

【兵長】になると、国の求めに応じて兵役《へいえき》を課せられる代わりに、住んでいるだけで国から毎年給付を受けられるようになる。

【兵長】の2つ上の【軍曹】になると、民間人からは尊敬されるレベルの強さだと思っていい。

【軍曹】の上たる【曹長】までいくと、国防学園の教師となる資格が与《あた》えられる。

その上の【准尉】以上になると軍から優先招集を受け、王直下の部隊である禁軍、王国騎兵隊《きへいたい》への入隊試験を受ける権利が与えられる。

【少尉】以上になると、軍務において部隊を束ねる任務を与えられるようになる。

【大尉】の上の人材はレアすぎて、歴史上でも数えるほどしかいない。

なお、勇者アラービスが【中佐】、聖女ミエルが【少尉】、僕は【中尉】だった。

正直、アラービスとはそれほど実力差を感じなかったけど。

4年間の学園教育が終わり、卒業した時点でのランクは案外に重要だ。

申請《しんせい》を怠《おこた》らなければ、生涯《しょうがい》それより下がることがないからだ。

たとえ卒業後に商人や文官となろうとも。

だから、学園卒業の目標ランクは3階級昇進した【兵長】だ。

国から給付だけを受けて『国益に関する職務』を理由に兵役を逃《のが》れ続けることもできるからね。

それ以外にもランクは当然、自身に箔《はく》をつける意味合いもある。

貴族たちがこぞって自分の子に高学歴を残そうとするのも、想像に難《かた》くないだろう。

そういう理由で、国防学園は冒険者を志す若者を育成する場でありながら、出来の悪い貴族の子に箔をつけて卒業させる、汚職《おしょく》や賄賂《わいろ》にまみれた場所でもあるというのが、一般人《いっぱんじん》の理解だ。

◆　◆　◆

白大理石でこれでもかと言わんばかりに造られた真っ白な校舎が陽光に照らされて輝《かがや》いている。

グラウンドでは蹴鞠《けまり》みたいな遊びをしている生徒や、魔法を空に向かって放っている者もいる。

僕はそんなグラウンドを横切りながら、国防学園の校舎に向かう。

正面玄関《げんかん》の横にある受付窓口には生徒ではなく、一般の人がぞろぞろと列を作っている。

窓口は4つあり、そのうちのひとつに並ぶ。

「こんにちは。どういったご用件でしょう」

10分ほど待って僕の番になり、受付のお姉さんが愛想《あいそ》よく訊《たず》ねてくる。

ありがたいことにまた優《やさ》しげだ。

「移住者です。ここで王国許可証を作るように言われました」

「一般用？　それとも冒険者用？」

「冒険者の方で」

許可証はたいていの国で2種類ある。

一般用が人口の7割、冒険者用が3割と言われている。

一般用だと煩雑《はんざつ》な手続きは不要だが、ランクが最低の【二等兵】に固定される上に、魔物討伐《とうばつ》のようなクエストをこなしても、報酬《ほうしゅう》が全額もらえなくなる。

許可証の費用も国の補助が受けられなくなるため、倍近く値が張る。

「前の国は？」

「リンダーホーフです」

前に持っていた許可証はなくしましたと伝えた。

まあ嘘《うそ》ではない。

「キミ、この国は初めて？」

「そうです」

「申し訳ないけど、うちはリンダーホーフ王国のランクは引き継《つ》げないの。最初からやり直しになるわ」

受付のお姉さんは残念そうに言った。

聞けば、あの国のランク昇進は不正が多くて、あてにならないんだとか。

まぁ確かにアラービスの【中佐】とか、意味がわからなかった。

最初からやり直しということは、【二等兵】からか。そしてこのパターンは……。

「君は、何歳？」

「あ……えーとですね」

まずい。最悪っぽい流れだ。

「12、いや13歳？　どう見ても15歳前ね。冒険者をやりたいなら、国防学園からスタートね」

「あう」

15歳前の冒険者志望者は必ず学園に入らなくてはならない決まりになっている。

「許可証作成が格安になるんだから喜んでいいわよ。誰《だれ》かの推薦状《すいせんじよう》は持ってる？」

「いえ……」

もちろんそんなものはない。

「じゃあこれから4年間よ。ちょうど5日後に本試験欠席者の特例試験があるわ。頼《たの》んでみる？」

「……やっぱ入んなきゃだめですか」

「だめよ。若さは無謀《むぼう》なの。年をとればわかるわ」

お姉さんは人差し指を立てて言った。

僕、勇者パーティで魔王を倒《たお》してきたんですけど、なんて言えば逃れられるかな。

実は僧侶なんです、と言ったらどうかな。

いや、神殿の下働きからやり直しのほうが断然キツイから、それは言わないでおこう。

「あのですね……僕、実は」

「なんと言ってもだめ。あきらめなさいな」

「ですよねー」

だめだ。お姉さんの目が激しくだめと言っている。

「……わかりました」

まあいいか、魔王を倒して、今すぐ取り立ててやりたいことはないし。

冒険者じゃなく学園で、『縁《えん》の下の力持ち』でもしまくるか。

それはそれで悪くないかもな……やりたいことが見つかったら、退学にでもなればいいし。

とりあえず学園に放《ほう》り込まれる前に【憤《ふん》怒《ぬ》の石板】の効果くらい、見ておきたいな。

この国の学園って、寮《りょう》生活のはずだから一旦《いったん》入ると出づらそうだし。

「じゃあ第三国防学園よ」

ここは第一で、第三は東の外れにあるとのこと。

「第三まであるんですか」

「第一、第二は通称《つうしょう》、『貴族学園』よ。推薦《すいせん》なしでは入れないわ。寄付金も持ってないでしょ？」

うわ。寄付金とかそんな感じですか。さすが人口が多い国は違うなぁ。

◆　◆　◆

「さて、お試《ため》しに行こうかな」

【憤怒の石板】の怒《いか》りの反撃《カウンター》とか、【追撃《ついげき》】とかどんなんなんだろ。

というわけで、第一国防学園を出た僕はそのまま王都マンマの外へ。

街道《かいどう》沿いに進み、魔物のいそうな森を探す。

新しく手に入れたスキルを試すのだ。

「あそこ、なんか雰囲気《ふんいき》がいいな」

周囲に比べて、やけに木々が密集している深い森。

なにか、入っちゃダメそうな空気が漂《ただよ》っている。

「よーし」

おもむろにそこへ向かった折。

「おい、その森は一人では危ないぞ」

ふいに後ろから、硬い口調ながらも透《す》き通った声をかけられた。

振《ふ》り返ると、馬から下りた少女がこちらを見ていた。

年の頃《ころ》は16、17か。金色の髪《かみ》をした碧眼《へきがん》の、一見して育ちの良さそうな少女だった。

白いワンピースを着ており、その左の腰《こし》には剣が携《たずさ》えられている。

「止めないでください」

「ま、待て！　自殺志願者か！　早まるな」

なにか勘違《かんちが》いされたのか、慌《あわ》てた少女が僕に駆《か》け寄り、後ろから右手を掴《つか》んだ。

掴まれておきながら、僕はひそかに笑っていた。

【第六感】をとったからだろうか。こうなることがなんとなく予想できたのだ。

「すごいぞ……」

笑いをこらえながら振り返る。

「自分で命を絶って良いことなど……ひっ⁉」

嬉々《きき》とした僕を見て狂《くる》ったと思ったのか、少女が驚《おどろ》いて手を離《はな》した。

僕はそのまま森の中へと去る。

少し振り返ると、さっきの少女は尻餅《しりもち》をついて脚《あし》の間に白い下着を見せたまま、呆然《ぼうぜん》とこちらを見ていた。

◆　◆　◆

この森は外から見て想像していた通り、じっとりとした空気を閉じ込めている。

届く日差しは木漏《こも》れ日と表現すべきものばかりで、木々が深く生《お》い茂《しげ》り、全く光が入らない場所もある。

一人になったのを確認《かくにん》した僕は、仕舞っておいた六角形の石板を3つ取り出した。

それを上半身に身につけている石板装備用の特製防具の右肩《みぎかた》、左肩、胸の真ん中にある台座に嵌《は》める。

実は僕には今、3つの大悪魔が従っている。

そのうちのひとつは知っての通り、『ソロモン七十二柱』の一柱、煉獄の巫女《アシュタルテ》。

僕が最も頼《たよ》りにしている大悪魔だ。

残る2枚の石板には僕と煉獄の巫女《アシュタルテ》に敗北し、従属を選んだ者が宿っている。

「いやー楽しみ楽しみ」

剣を抜きながら、高揚《こうよう》する自分を隠せない。

さっそくここで魔物と戦って、反撃《カウンター》するとかいう【憤怒の石板】の効果を確かめてみたい。

なお、僕が持っている剣は魔人将《アークデーモン》から奪《うば》った名もなき片手半剣《バスタードソード》である。

随所《ずいしょ》に刃《は》こぼれがあるが、まだ当面は使えるものだ。

「おっ」

などと考えていると、正面から魔物がやってくるのが見えた。

のっしのっし、と闊歩《かっぽ》してくるのは、3メートル弱の太った人型の魔物。

その数、3体。トロルだ。

巨大《きょだい》な棍棒《こんぼう》を片手に持ち、基本は単体で行動する魔物で、群れるのは珍《めずら》しい。

動きの遅《おそ》い動物や、稀《まれ》に熊《くま》なんかとも格闘《かくとう》し、倒してそれを食する様子も観察されている。

一般的な森の中の生態系では上位に位置する魔物で、国防学園が定めるこいつの討伐ランクは【軍曹】。

【軍曹】ランクの冒険者が6人程度のパーティを作れば、ほぼ安全に戦えることを意味している。

「群れ……そうか」

なるほど、先程《さきほど》の少女はこの群れるトロルを警戒《けいかい》して注意を呼びかけてくれたのかも。

「グフッ」

奴らは僕を見つけるや、奇声《きせい》を上げてドスドスと走り寄ってくる。

格好《かっこう》の獲物《えもの》を見つけた、といったところらしい。

「ちょうどいいや。こいつで——あれ？」

試そうかなと思った刹那《せつな》、頭上から何かが飛びかかってくる光景が脳裏《のうり》に描《えが》かれた。

【第六感】の感知のようだ。

次の瞬間、それが現実になった。

「ゴブッ⁉」

トロルたちがぎょっとして上を見る。

その間にも、1体が引き裂《さ》かれた。

「ありゃー……」

すぐに目の前が惨状《さんじょう》に変わった。

トロルの群れに上から襲《おそ》いかかったのは、青色に赤がところどころ入った巨鳥。

翼《つばさ》を広げると4メートル以上はありそうな大きな魔物。

森の王者たる巨鳥《フォレストキングコンドル》だ。

「クエェッ！」

「グヒュッ」

トロルは丸太のような腕《うで》を振り回し、必死に抵抗するが、上から自在に襲いかかる巨鳥を捉《とら》える
にはあまりに愚鈍《ぐどん》だった。

無残に爪《つめ》で引き裂かれ、地に伏《ふ》していく。

トロル3体にも恐《おそ》れずに襲いかかることからもわかるように、森の王者たる巨鳥《フォレストキングコンドル》は森の食物連鎖《れんさ》
ではほぼ頂点に位置する強大な魔物だ。

自然崇拝者《ドルイド》たちに『森の主《ぬし》』として崇《あが》められている地域もある。

国防学園が認定するこの巨鳥の討伐ランクは【少尉】。

トロルの【軍曹】の3つも上になる。

「──クエエエ……！」

3体のトロルを動かぬ骸《むくろ》とすると、そいつが口元を血で濡《ぬ》らしたまま、僕に向き直った。

もはや言うまでもなく、この獰猛《どうもう》な巨鳥が僕を見逃してくれるはずもなかった。

僕は小さく笑った。

以前の僕なら、厳しい相手だったに違いない。

しかし、今は違う。

「まぁ強いぐらいでいいよね」

僕は剣を鞘《さや》にしまい、買ったばかりの衣服の上を脱《ぬ》いでシャツだけになった。

新しい効果【憤怒の石板】は反撃《カウンター》だから、まずは敵からの一撃《いちげき》を受けてみよう。

「──クエッ！」

森の王者たる巨鳥《フォレストキングコンドル》が翼を広げ、尖《とが》った嘴《くちばし》で僕を威嚇《いかく》する。

《戦闘《せんとう》を感知しました》

「……は？」

キン、という音とともに、僕の中でアナウンスが始まる。

《【認知加速】が発動しました》
《【明鏡止水】が発動しました》
《【闇夜《やみよ》を這《は》いずる魔《ま》】が発動しました》
《【悪魔の数式《テイラデマドリエ変換》】が発動しました》
《【捕喰者のディレンマ】が発動しました》
《【回廊からの帰還者《ギャラリアサヴァイバー》】が発動しました》

ふいに訪《おとず》れた、何かがみなぎる感覚。

「な、何ですかこれは……」

言いながら気づく。

そういえばスキル【悪魔の付与《ふよ》レベル1】、【悪魔の付与レベル2】を取得したのだった。

なるほど、これは石板使役《しえき》している3体の大悪魔から戦闘開始時に与えられる加護ということか。

「すごい……！」

一番初めに発動した【認知加速】ははっきりと体感できた。

あからさまに違うのだ。

自分のまわりを流れていく出来事の速さが。

そして、森の中の暗くなった部分が急に見通せるようになった。

きっと【闇夜を這いずる魔】の効果だろう。

けど他は何がどう作用しているのか……。

【明鏡止水】？

【悪魔の数式《テイラデマドリエ変換》】？

【捕喰者のディレンマ】？

そして……【回廊からの帰還者《ギャラリアサヴァイバー》】？

「クエェ！」

そんなふうに考え込んでいる僕の隙《すき》をついたり、とばかりに、森の王者たる巨鳥《フォレストキングコンドル》が飛びかかってきて嘴で僕を引き裂こうとする。

認知加速を発動した僕にとって、その動きはコマ送りだ。

届く前に、スクワット3回はできそうである。もちろんしないが。

それでも躱《かわ》さず、やってきた巨鳥の攻撃《こうげき》を、微塵《みじん》も動かずに身に受けてみる。

ちなみに今はまだ煉獄の巫女《アシュタルテ》を喚《よ》んでいないので、ダメージの身代わりはない。

巨鳥は僕の右肩にがぶりときた。

「うん、痒《かゆ》いくらいだ」

森の王者たる巨鳥《フォレストキングコンドル》はその硬さに驚いたかのように、すぐ離れ去る。

シャツに穴が空いたが、出血はしていない。

魔界に挑む前の僕なら、右腕が動かなくなるかもと危惧《きぐ》するほどの一撃だったのだが、なんだか蚊《か》に刺《さ》されたのと大差ない感じだ。

そして、次の瞬間。

「ゴアァァ――――！」

「…………」

「アァァオオォォォ……！」

地獄《じごく》の底から響《ひび》くような、呻《うめ》き声。

《【ソロモン七十二柱】博識なる呪殺者《グラシャ・ラボラス》が怒《おこ》りました。反撃《カウンター》を開始します》

《【ソロモン七十二柱】煉獄の巫女《アシュタルテ》が怒りました。反撃《カウンター》を開始します》

《【七つの大罪】気高き蠅《バアル・ゼブブ》の王が怒りました。反撃《カウンター》を開始します》

「うお、キター」

3つの石板に、それぞれ別の顔が現れる。

ひとつは竜《りゅう》の顔、ひとつは美しい女性の顔、そしてもうひとつは、牙《きば》を剥《む》く蟲《むし》のそれ。

そう、こいつらが僕の従えた大悪魔たちだ。

「κλήσηδαίμονας καθυστέρηση……」

「απόγευμα αιώναςέκρηξη έκρηξις……」

「Κρυστάλλινα νερά ακάθαρτος……」

始まる3つの、悪魔言語詠唱《えいしょう》。

「……やっべぇこれ」

1体で40秒近くかかる喚び出し詠唱をすっ飛ばして、3体同時に出現させるとか。


——ブオォォォォ！


「クエエエエ!?」

最初に炸裂《さくれつ》したのは、燃え上がる炎《ほのお》。

森の王者たる巨鳥《フォレストキングコンドル》が、地面から噴《ふ》き上げる猛烈《もうれつ》な炎に焼かれる。

さながら地獄の釜《かま》の蓋《ふた》を開けたような、壮絶《そうぜつ》な噴き上げ。

博識なる呪殺者《グラシャ・ラボラス》による獄炎《ごくえん》の魔法、〈終焉の劫火《ラストインフェルノ》〉だ。

この一撃で巨鳥は消し炭になり、間違いなく息絶えていた。

しかし攻撃は続く。

次は空から降ってくる5つの光り輝く剣。

それが雪の結晶《けっしょう》を作るように、炭になった森の王者たる巨鳥《フォレストキングコンドル》に次々と突《つ》き刺さった。

頼もしいこの攻撃は、言うまでもない。

煉獄の巫女《アシュタルテ》による〈堕天使の烙印《ルシフェルズブランド》〉。

最後に不気味な羽音を立てて、輝剣が刺さったままの亡骸《なきがら》に群がる、大量の蠅《はえ》。

もはやただの炭でしかない魔物を蝿たちが食い漁《あさ》る。
気高き蝿の王《バアル・ゼブブ》による、〈只《ただ》の喰《く》い尽《つ》くし〉だ。
「うへぇ……」
残ったのは白い骨だけ。
森の王者たる巨鳥《フォレストキングコンドル》に倒されたトロルまで骨になっている件。
しかし、それで終わりではなかった。
もはや骨だけになった存在に、赤い熱線が十字を描いて刻まれる。

ジュウゥウ。

《発動失敗　上位追撃【呪殺者《じゅさつしゃ》の呪《のろ》い】　敵はすでに死亡しています》

骨だけの存在に、空から巨大剣《ジャイアントソード》が降ってくる。

——ドォオン。

《発動失敗　上位追撃【天女の復讐《ふくしゅう》】　敵はすでに死亡しています》

骨だけの存在に、再び群がる真っ黒な蝿たち。

《発動失敗　上位追撃【蝿の王の舌】　敵はすでに死亡しています》

「な、なりほど……」

今の３つは石板の悪魔たちによる【悪魔の追撃《セカンドアタック》】か。

僕は２段階目まで取得しているので、上位追撃になっているらしい。

《死亡を確認しました》

本当に終わったかと思いきや、まだ終わっていない。

《【自動死体生命力吸収《オートコープスライフドレイン》】が発動します》

《【自動死体魔力吸収《オートコープスエナジードレイン》】が発動します》

《【自動死体生命力吸収《オートコープスライフドレイン》・残酷《インヒューマン》】が発動します》

自動回復する僕のＨＰ、ＭＰ。

いや、ＨＰは３しか減っていないし。

「これが、【憤怒の石板】……」

僕がダメージを受けることで自動発動し、すべてが勝手に進む。

その間、僕は他の行動を取ることすら許されてしまうという。

どうやったら僕、死ぬのっていうレベルだ。

「あーあ、骨だけになっちった」

ちょっと肉身を期待していた僕は、少々がっくりしながらも、ドロップの銀貨26枚を拾う。

魔物と戦うこと自体はお金になる。

魔物自体が落とすドロップもさることながら、国防学園に討伐依頼が出ていたり、その肉や皮が取引されていたりするからだ。

ちなみに魔物か動物かの線引きは、人に害をなすかどうかで決められている。

「これだけでも拾っておこうかな」

骨の他に、硬い嘴の部分が蝿に喰われずに残っていた。

もし討伐依頼が出ていたら、これでお金になるかも。

でもまぁ、ここに来た甲斐《かい》はあった。

手に入れた【憤怒の石板】がどれだけ強いかは、十分すぎるほどにわかったよ。

というより、手に入れた従者が強すぎるといったほうが正しいね。

「すごすぎて、学園じゃ着けづらいな……」

戦闘を感知してからだから、さすがに肩《かた》を叩《たた》かれたくらいでは発動しないだろうけれど、万が一学園内で発動したら大騒《おおさわ》ぎだ。

想像するだけで背筋が冷たくなる。

「でも……」

寝ている最中とか、無防備状態で受ける不意打ちなんかに対しては実に頼もしい。

実際、僕は勇者パーティに入った初期に暗殺者に狙《ねら》われ、命を落としそうになった経験があった。

学園だし、そんなことはないだろうけど、護身用に夜だけは誰か一枚つけておこうかな。

第6話　クラス分け試験キタァ

2日後に行われた第三国防学園の試験の集合場所は、その校舎だった。

一面赤レンガ造りの学園は3階建てで広々としている。

平民が多いらしい学園だそうだから、ボロなのを予想していたけれど、これはいい意味で裏切ってくれた。

ヴィンテージな雰囲気《ふんいき》で、なんだか好きだぞ。

昼過ぎだったから、グレーのブレザーを着た生徒たちが屋上でワイワイ騒《さわ》いでいる様子を目にして、リアルの高校の頃《ころ》を思い出した。

久しぶりで、ちょっと悪くないかも。

校舎の中に入ると、樫《かし》の木のような香《かお》りが広がっている。

初めての学校ってやっぱ、匂《にお》いから入るよね。

職員室らしい場所の前には、僕《ぼく》と同じくらいの年齢《ねんれい》の男女が待っていた。

どうやら二人は、一緒《いっしょ》に試験を受ける人たちみたいだ。

二人とも僕より背が高い。

国防学園は12歳《さい》から入学できるが、10代なら入れるので、1年生の歳《とし》はバラバラだ。

ちょうど僕がその二人の横に並んだ時、職員室の扉《とびら》が、横にがらがらと開いた。

「よく来たな新入りども。『近接実技1』と『近接総合実技』を担当しているゴクドゥーだ」

50歳くらいか、隻眼《せきがん》のリーゼントのおっさんが右手に木刀を持って近づいてきた。

その顔には、左眼《ひだりめ》を斜《なな》めに切った傷痕《きずあと》が残っている。

「……極道《ごくどう》？」

「発音を間違《まちが》えるな。ゴクドゥーだ」

「こんにちは。『薬草学』、『総合薬理学』を担当しているマチコよ。マチコ先生と呼んでね」

隻眼おっさんの後ろには、腰《こし》までのピンク髪《がみ》を緩《ゆる》やかに一本に縛《しば》った、タイトミニのお色気ムンムンな先生。

年齢は25、26歳くらいかな。

「3人揃《そろ》ってるな。よし、じゃあこちらについてこい」

そう言って二人の先生はろうそくを持つと、職員室の隣《となり》の階段から、地下へと下りていく。

僕たちの後ろから二人の上級生らしい男子生徒も明かりを持ってついてきた。

たぶん僕たちの試験を手伝ってくれる人なのだろう。

（まだ下りるんだ）

地下1階、2階と下りてさらに地下へ。

やがて階段は途中《とちゅう》から石造りの螺旋《らせん》階段に変わり、周囲もひんやりとした空気に包まれる。

ろうそくに照らされる僕以外の新入生の顔が、やばいくらいに青白い。

緊張《きんちょう》MAXといった顔だ。

（なるほど、地下にダンジョンがあるのか）

リンダーホーフ国防学園の入学時試験は森に行ってゴブリン相手に実戦を行うものだとミエルたちから聞いていたが、ここは地下ダンジョンで腕試《うでだめ》しをするのかな。

ゴブリンは今の僕よりちょっと背が低い、しわがれた魔物《まもの》だ。

人型の魔物の中では最弱に位置すると言っていい。討伐《とうばつ》ランクは【二等兵】。

僕は万が一にも【憤怒《ふんぬ》の石板】が発動しないように、全《すべ》て外してアイテムボックスにしまった。

はたして、魔法の明かりに照らされた、広々とした石造りのダンジョンの入り口に到着《とうちゃく》すると、マチコ先生が置かれていた宝箱に合言葉を唱え、蓋《ふた》を開ける。

そこにはたくさんの武器が詰《つ》め込《こ》まれていた。

ゴクドゥー先生がその武器を取り出し、僕たちの足元に並べた。

「これから魔物を相手に実技を行ってもらう。ここに置いた武器を使ってもいいし、自前のものを出してもいい。さっさと選べ」

「えっ……筆記試験って聞いてたのに……」

女生徒が不満そうに言った。

「馬鹿者《ばかもの》。冒険者《ぼうけんしゃ》を志す者は、魔物との戦いを避《さ》けることはできん。しっかりと相対し、お前たちの実力をすべて披露《ひろう》してみろ。どうせ入学は確定しているのだ」

聞けばコレは入学後のクラス分けに使うらしかった。

「お前からだ」

ゴクドゥーが女生徒を木刀で指す。

「やだ……！　こんな怖《こわ》いのなんて持てない……！」

女生徒はイヤイヤするように首を振《ふ》り、武器も拾わずにしゃがみこんで泣き出した。

「………」

先生たちがやれやれといった様子で顔を見合わせる。

きっとこの子は望まずにここに来たのだろう。

その身なりから、そこそこ裕福《ゆうふく》そうに見える。

今まで何不自由なく育てられたら、こんな反応が普通《ふつう》だよな。

「ちっ！　仕方のないやつめ……次、お前だ」

「よーし、俺《おれ》か」

僕の隣《とな》りにいた男子生徒は早々に広刃の剣《ブロードソード》を掴《つか》み、力強く構えた。

だが握《にぎ》り方からしてなってないのが、心配だ。

「いくぞ」

ゴクドゥー先生がその場で、懐《ふところ》から水晶《すいしょう》のようなものを取り出し、発動させた。

とたんに、僕らと同じ背丈《せたけ》くらいの顔を書いて膨《ふく》らました風船のような水色の魔物が現れた。

べろーん、と赤い舌を出し、足元は花瓶《かびん》のようなもので固定され、置いた位置から動かない。

こんなのは僕も見たことがなかったが、古代王国期に作られた古代遺物《アーティファクト》なのかも。

「こいつに好きなだけ攻撃《こうげき》を仕掛《しか》けろ。その戦い方でお前たちを評価する」

てっきりこの先でゴブリンと戦うのだと思っていたが、違った。

たしかに本物の魔物よりは安全か。

上級生の生徒は入り口を見張り、奥《おく》の部屋から魔物が入ってこないか目を光らせてくれている。

「へぇ、おもしれー！　じゃあいくぜ、うらぁぁ！」

ゴクドゥー先生の指示通り、男子生徒が中央を狙《ねら》って斬《き》りかかった。

振り下ろされる広刃の剣《ブロードソード》。

しかし試験生徒の剣《けん》は、魔物に当たるも、ぼぃーん、と撥《は》ね返される。

男子生徒が尻餅《しりもち》をついた。

（なるほど）

剣を腕《うで》だけで振り回していると、あんなふうに撥ね返されるというわけか。

「こなくそっ！」

男子生徒が立ち上がり、剣を振り回して魔物を滅多《めった》打ちにする。

しかし剣はその都度ぼぃーん、ぼぃーんと撥ね返され、全く切り裂《さ》くことができない。

「くそ、どうなってるんだよ！」

十数回と繰《く》り返したところで、風船の魔物が反撃に出た。

舌を伸《の》ばし、生徒の顔をぴしゃりと叩《たた》いたのだ。

「ひっ⁉」

それだけで戦慄《せんりつ》したのか、男子生徒が尻餅をついた。

風船の魔物はさらにぐぐーっと身体《からだ》を膨らませて大きくなり、男子生徒を驚《おどろ》かす。

ぎょっとした男子生徒が真っ青になり、床《ゆか》に水たまりを作った。

「――うわぁぁ!?」

「ここまでだな。まぁ、元気がよくて良かったぞ」

ゴクドゥー先生が膨らんだ魔物の後ろに立ち、なにやら操作する。

すぐに風船の魔物は小さくなり、さっきと同じ大きさに戻《もど》った。

マチコ先生が駆《か》け寄り、漏《も》らした男子生徒に、にこやかに【着替《きが》え】を手渡《てわた》す。

白の紙パンツだ。【着替え】と呼んでいいのか。

「さて、最後の奴《やつ》。勝手はわかったな？　武器を選んでこっちにこい」

「ほい」

失禁男子の広刃の剣《ブロードソード》を借り、すたすたと歩きながら考える。

さて、どうするよこれ。

まず自分は良い評価をもらうべきか、その反対がいいかを考えよう。

最初から好評価をもらって目立つと、絶対にやりづらくなる。

チカラモチャーとして感動を与《あた》えるには、控《ひか》えめに見せておく方が意外性があっていい。

それに評価されて特進クラスに配属になっても、授業が多くて疲《つか》れるだけだ。

（よし）

まず成るべきはその他大勢の一人。

あの風船の魔物さえ倒《たお》さなければ、評価が上がることはないはずだ。

いや、むしろ確実性を求めて、失禁男子の行動の下をいこう。

「よし、いけ」

「はい」

僕は剣を突《つ》き出せるように構えると、生徒らしい勢いで風船の魔物へと駆ける。

「うおぉぉっ……っと！」

そして、つまずいた。

とっとっと、とつんのめり、風船の魔物の手前で派手に転ぶ。

キン、という音を立てて、剣は石畳《いしだたみ》の隙間《すきま》に突き立った。

これで剣が抜《ぬ》けなくなり、武器を失った僕はあえなく終了《しゅうりょう》。

ニヤリ、と笑《え》みがこぼれる。

これなら、風船の魔物に一撃も入れられずに終わる。我ながら見事なシナリオだ。

「なにっ⁉」

「い、一撃で⁉」

しかし、先生たちが驚愕《きょうがく》していた。

その理由は考えるまでもなかった。

風船の魔物がしゅん、と小さくなって消えたのだ。

……はて？

「お前……どうしてわかった」

「へ？」

「その魔物の本体が影《かげ》であることに、どうやって気づいた⁉」

◆　◆　◆

「……すごい新入生がいる」

青ざめた表情で職員室に戻ってきたのは、髪をリーゼントにした隻眼の男だった。

『近接実技1』と『近接総合実技』を教える教師、ゴクドゥーである。

「もしかして、また危険人物ですか」

丸眼鏡をかけた小柄《こがら》な中年の女の先生が、レンズ越《ご》しに覗《のぞ》き込むようにして言った。

この学園に勤めてもう22年になる『A級魔物解剖学《かいぼうがく》』と『魔物発生学』のミザルである。

「いや、逆ですよ。高ランクにいけそうな人材です」

ゴクドゥーは黄ばんだハンカチで、まだ噴《ふ》き出る汗《あせ》を拭《ふ》きながら自席に座《すわ》る。

「動きなど、まだまだなところはありますが……あの風船化け影《バルーンプラスシャドウ》を見抜《みぬ》き、一撃で屠《ほふ》ってみせるとは……」

風船化け影《バルーンプラスシャドウ》とは、本試験欠席者の特例試験で用いた古代遺物《アーティファクト》のことである。

風船でできた偽《にせ》の本体は魔法であれ、物理攻撃であれ、すべての攻撃を無効化する。

本体は風船がつくる影の中に潜《ひそ》み、使用者の指示に従い、攻撃を仕掛けるという一風変わった装置である。

なお、装置であるため、本体が倒されても再利用が可能である。

「すごい、ゴクドゥー先生が褒《ほ》めるの、フユナちゃん以来ですねぇ」

ゴクドゥーの後ろを歩いてきていたピンク髪の女、マチコが口に手を当てて微笑《ほほえ》む。

全盛期のゴクドゥーはリラシス王国の『東の禁軍』に属し、左目を失うまで4年間勤め上げた。

老いた今は教師という職業に甘《あま》んじているものの、国王より生涯《しょうがい》『少尉《しょうい》』以上固定を賜《たまわ》った実力は伊達《だて》ではない。

そんなゴクドゥーは当初、実力を買われて第一国防学園の実技教師として数年籍《せき》を置いていた。

第一国防学園は『禁軍予備校』とも言われる、他《ほか》の学園とは一線を画したエリート学園であり、実技教師としては最高待遇《たいぐう》以外のなにものでもなかった。

だが、ある出来事をきっかけにゴクドゥーは左遷《させん》され、今はこの第三国防学園に勤めている。

そんな経歴ゆえ、ゴクドゥーが生徒に求める水準は、最低ランクの学園とは思えぬほどに高い。

それが身の丈《たけ》に合っていないと教師の間で問題視されていたくらいだったのに、そのゴクドゥーが褒めるのだから、マチコが驚くのも無理はなかった。

「マチコ先生だって見ただろう」

「ええ、もちろん。生徒なのにちょっとカッコよかったですねぇ」

マチコが言いながら、頬《ほお》を染める。

「怪《あや》しいですね。実は誰《だれ》かがトリックを教えていたんじゃないの」

言いながら採点の終わった答案の束を両手で持つと、机でトントンと揃えたのは、小柄なエルフの男だった。『結界・魔法陣学』の教師である。

「あの少年の一撃は、風船化け影《バルーンブラスシャドウ》の心臓部を的確に貫《つらぬ》いていた」

「なっ」

エルフ男の手から、トランプのカードのように答案が舞《ま》った。

「……そ、そんな馬鹿《ばか》な」

「嘘《うそ》でしょう……我々ですら心臓部の把握《はあく》は困難なのに」

『回復学』と『治癒《ちゆ》魔法各論』を教えるつり目の女司祭のテレサ先生がぎょっとする。

影の中にある風船化け影《バルーンブラスシャドウ》の心臓部は、現れるごとに変わるのである。

「うそだ」

「あり得ない……」

教師たちが言葉を失う。

「あいつは逸材《いつざい》だ。プラチナクラスに入れて、鍛《きた》え上げる」

声に力のこもるゴクドゥーを見て、ピンク髪の女が、ははぁなるほど、という顔をした。

「ゴクドゥー先生、『連合学園祭』が第一に負けっぱなしだから、早くもその子に期待しているんですよね？　フユナちゃんの背中を預けられるかもしれない、と？」

その言葉に、ゴクドゥーがにやっとする。

『連合学園祭』とはリラシス国内にある3つの学園同士で対抗戦《たいこうせん》を行うものである。

種目は魔物討伐の数を競《きそ》う『魔物討伐戦』と、バトルロイヤル形式で実際にぶつかり合い、勝ち抜き戦を行う『バトルアトランダム』の2つがある。

昨年の『連合学園祭』では、フユナという生徒のおかげで創立以来の28年連続最下位を返上した。

しかし、第一学園相手には相変わらず黒星ばかりなのである。

「第三学園の救世主《メシア》となってくれるかもしれない」

その言葉に、教師たちからおぉ、という声が上がる。

そう、なんだかんだ言っても、ここの教師たちは皆《みな》『連合学園祭』を心待ちにしているのだ。

「ところでその生徒の名前は？」

エルフ男が訊《たず》ねると、皆が一斉《いっせい》に耳をそばだてる。

「あぁ。そいつの名はな……」

◆　◆　◆

試験を受けた僕たち3人はその後、使っていない教室に案内され、待たされていた。

学校の教室、というより大学の講堂というイメージの場所だ。

長い机が段々になった室内に2列で置かれ、軽く100人以上が収容できそう。

そんな一室の隅《すみ》で、僕は歯噛《はが》みしていた。

「やっちゃった……」

これでは想定外に良い評価をもらってしまうかもしれない。

影の中に本体があるとか、本当に知らなかったんだよ。

僕はただ、床に剣を刺《さ》したかっただけなんだよ。

などと思いつめていると、ガラッと扉を開けて、さっきのゴクドゥー先生が入ってきた。

「お前たちのクラスが決まった。一人ずつ読み上げるぞ」

誰かがごくり、と喉《のど》を鳴らした。

クラスは6つあり、一番上は学年のトップエリートだけを集めた特進クラス、プラチナだ。

ここからは到達《とうたつ》目標の【兵長】のさらに上、【伍長《ごちょう》】を手にする生徒がぞろぞろ出るらしい。

次が準エリートを集めた特進クラス、ゴールド。

その次がエリートではないものの、有能と判断された者たちの特進クラス、シルバー。

ここはどこにも当てはまらない『その他大勢』が収容されやすく、人数が多めになっている。

この3つの特進クラスは授業の単位コマ数が多く、本気で生徒を養成する。

僕はちょっと遠慮《えんりょ》したい感じだ。

他の3つのクラス、エキスパート、イエロー、スカラーは少々意味合いが異なる。

『エキスパート』は名前だけは迫力《はくりょく》があるが、クレーマーの親を持ち、学園が丁重《ていちょう》に扱《あつか》わなければならないVIPの子を集めたクラスと言われている。

それだけに建て前上は少数精鋭《エキスパート》。他と隔絶《かくぜつ》されているため詳細《しょうさい》不明だが、授業は軽めらしい。

イエローは落ちこぼれが予想されるクラス。

あまり負担にならないよう、こちらも単位コマ数が少ない。ここが僕の目指すクラスだ。

なお、クラス名がなぜイエローなのかはさっきゴクドゥー先生に訊《き》いたが、配属される生徒を見ればおのずとわかると言われた。

最後にスカラーは運動は出来ないが、純学問に才能があったり、学園卒業後、ここの博士課程やエルポーリア魔法帝国《ていこく》の魔法学院へ留学するような子供を集めたクラスになる。

「まずテルミ、お前は望み通りスカラークラスだ。博士課程に進みたい連中が集まっている。友だちを作っておくといいぞ」

女子生徒が感激したように飛び上がった。

「あ、ありがとうございます！」

「次にリィト」

漏らした少年が名を呼ばれた。彼《かれ》は紙オムツのまま、嬉々《きき》として立ち上がる。

「ハイ！　俺はもちろんプラ……」

「お前はイエロークラスだ。漏らし屋《イエロー》が集まっている。友だちを作っておくといいぞ」

「あ、ハイ」

「最後にサクヤ。お前はプラチナクラスだ。ビシバシいくからな。キチンとついてこい」

「ちっ」

「ん？　なにか言ったか」

「いえ、なんでもございません」

くそ、最初から痛恨《つうこん》の失敗だ。

「みんな『二等兵』からスタートだ。知っての通り、今は春休み中で、３日後に入学式がある。忘れずに出てこい。あ、それからサクヤ」

「はい」

「卒業できなかった奴がいて、お前の部屋はなくなった。空きが出るまで、寮《りょう》の中で適当に生きていろ」

うわ、扱いだけ縁《えん》の下キタ。プライバシーゼロ決定。

第7話　学園生活スタート！

「皆《みな》さん揃《そろ》いましたねぇー。担任、私です」

ピンク色の髪《かみ》をしたミニスカの女の人は、紙オムツのマチコ先生だ。

いや、マチコ先生が紙オムツなんじゃないぞ。

その穏《おだ》やかな声ひとつで、不安げだった生徒たちの顔に笑《え》みが灯《とも》る。

優《やさ》しそうな先生が担任でよかったとみんな思っているようだ。

今日は入学式、そして寮《りょう》生活の開始でもある。僕《ぼく》の部屋はないけどね。

マチコ先生の案内のもと、僕らはクラスごとに列を作り、体育館へと向かう。

「新入生の皆さん、入学おめでとう」

皆が着席したところで、校長が落ち着いた口調で話し始め、教師陣《きょうしじん》を紹介《しょうかい》する。

「よろしく頼《たの》む」

「どうぞよろしく」

「ビシバシいくからなゴラァ！」

科目が多岐《たき》にわたるから、先生も多い。

授業の中には先生が二人以上参加して行うものもあるとのこと。

「——後輩《こうはい》たちよ！　食堂は18時には混み合うぞ。ルールはないから上級生相手と言えど、ひるまず席を奪《うば》え！　……でも4年生は卒論で弱っているから、できれば席を譲《ゆず》ってほしいんだ……」

それが終わると、4年生からの笑いを誘《さそ》う歓迎《かんげい》の挨拶《あいさつ》に変わった。

さすが最上級生。新入生たちのこわばった表情が和《やわ》らいだ気がする。

やがて4年生の挨拶が終わり、3年生の歓迎の挨拶になった途端《とたん》、体育館中が今までにないほどに大きな歓声《かんせい》に包まれた。

なんだなんだと騒《さわ》ぐ新入生。

「フユナさんだ……」

「フユナ先輩だ」

「おぉ、あれが学園最強の……」

周りの新入生が指をさして言う。

やがて登壇《とうだん》した一人の生徒。

金髪碧眼《きんぱつへきがん》の、色白の美少女に皆が目を奪われていた。

【視覚】を上げたせいだろう。遠くでもその端整《たんせい》な目鼻立ちが手に取るようにわかる。

まるで絵画の中から出てきたのではと思うほどの、嘘《うそ》みたいな美しさ。

その人が壇上《だんじょう》から声を張り上げる。

「新入生の皆さん、はじめまして。3年になるフユナだ。第三国防学園によく来てくれた」

見た目の華《はな》やかさに似合わず、何か硬《かた》い話し方だった。

あれ？　僕、どこかでこの人と会っているような。

「学園では他《ほか》の学年と一緒《いっしょ》にパーティを組んだり、授業を受けたりすることもある。一緒になった時は楽しくやろう。地下ダンジョンとか、案外楽しいのだぞ。あ、それから、最後に個人的なことをいいかな」

彼女《かのじょ》の目つきが変わった気がした。

「今年の『連合学園祭』は絶対に優勝してみせるとここで誓《ちか》おう。それで、その時に私のパートナーとなってくれる、腕《うで》に自信のある生徒を探している。我こそはと思う新入生がいたら、是非《ぜひ》声をかけてほしい。もちろん力をつけたと思う在園生だっていい」

その言葉に、体育館中がどよめいた。

フユナという3年生の挨拶はそれで終わりだった。

「どこで会ったんだっけな……」

そんなどよめきの中、一人首をかしげていた。

ちょうど何かの裏に隠《かく》れてしまったように、思い出せない。まあいいんだけど。

◆　◆　◆

入学式翌日、翌々日はオリエンテーションだ。

学園内の施設《しせつ》や寮での過ごし方について、いろいろ教えてもらえる。

例えば、食堂は学園の地下のほか、寮にもあり、朝は寮、昼は学園、夕はどちらで食べても良いことになっているそうだ。

同じクラスの生徒たちと会話する機会もできて、自然と友人関係が出来上がってくる。

「あ、はいっ、よろしくおねがいしますっ！　自分、こういう集める系、大好きですっ」

小柄《こがら》な青髪おさげの少女とペアになって薬草学のオリエンテーションをしたり。

「俺《おれ》がテルマ、こっちが双子《ふたご》の妹のルイーズだ」

茶髪《ちゃぱつ》をいくつも結んだドレッドヘアーの少年少女、テルマとルイーズとともに解剖学《かいぼうがく》の部屋を見学したり。

ちなみに二人は『ガンダルーヴァ流盾剣術《たてけんじゅつ》』の使い手だ。

ちょうど剣術の話が出たので、ここで説明しておこう。

『剣の国リラシス』と呼ばれることからもわかる通り、この国は剣を極《きわ》めようとした者たちが集ってできたような国だ。

過去には我こそが最強と多くの剣士が名乗りを上げ、頂点を決める大会も盛んに行われた。

その日々の切磋琢磨《せっさたくま》に伴《ともな》って、１００を超《こ》える流派が生まれている。

流派によっては似通ったものもあるが、全く相容《あいい》れない考え方をする流派もある。

例えば防御《ぼうぎょ》ひとつとっても、回避《かいひ》９割の流派や剣を武器とも防具とも考えて扱《あつか》う流派、盾なしでは剣術が成り立たないとする流派すら存在する。

テルマとルイーズが属する『ガンダルーヴァ流盾剣術』は、盾を重要視する剣術の中で最も高名な流派だ。

ちなみに、盾を用いない中では『ユラル亜流剣術《ありゅう》』というのが有名だ。

僕のは盾は使わない、マイオリジナルだけどね。

さて、オリエンテーション2日目には早くも、クラスの中で頭角を現すやつが出てきた。

どうやら入学時の本試験で首席だった、ポエロという金髪をオールバックにしたイケメン少年がすでに取り巻きを連れており、クラスを仕切る感じになりつつあるようだ。

耳に入ってくる噂《うわさ》によると、彼《かれ》は土系召喚師《しょうかんし》らしい。

そして本試験次席だった、肩《かた》までの茶髪のそばかす少女スシャーナ。

ハキハキした性格で、発言力があるようだ。

彼女はポエロとは知り合いらしく、犬猿《けんえん》の仲らしいぞ。

こんなの、僕にはどうでもいい情報だって？　いやいや、僕はプロのチカラモチャー。

人の背後で力強く暗躍《あんやく》するために、周囲の人間は日頃《ひごろ》から要チェックなのさ。

◆　◆　◆

トントントン、と階段を駆《か》け上がっていく先輩女生徒の、赤いチェックのブレザースカートが揺《ゆ》れている。

先輩たちも授業が終わったらしい。

僕は寮の1階ロビーでごろんと横になりながら、考え事をしていた。

新入生はオリエンテーションを終え、午後はフリーになっている。

でも学園の外に出るには許可をもらったりと面倒《めんどう》なので、みんな寮の自室に戻《もど》っているみたいだった。

ダンジョンに入れるようになると、放課後にチームを組んで入ったりするみたいだけど、1年生はまだしばらく許可をもらえないようだ。

「うーん」

僕は立ち上がって、大きく伸《の》びをした。

縮んだだけあって、天井《てんじょう》には全然届かないや。

生徒の寮は学園の横に建てられた、白い横長の4階建ての建物だ。

玄関《げんかん》と階段が建物の中央にあり、どの階も右が男子寮《だんしりょう》、左が女子寮。

1階が1年生、2階が2年生、3階が3年生で4階は4年生。

そして住む場所をなくした僕が居るのは、1階の玄関横にある小さなロビー。

ここが僕の居住区。

入学式の夜から、僕は寮の共用の水場で行水をし、この玄関横ロビーの暖炉《だんろ》前で寝《ね》ている。

毛布にくるまるが、暖炉は就寝《しゅうしん》時刻の21時には消されてしまうので、毎晩ビミョーにだが凍《こご》える。

他の1年生たちもなんとなくロビーには来るけれど、僕が本気で生活しているのを見て、言葉もなく去っていってくれる。

脱《ぬ》いだ制服や洗ったマンマ＝パンツをハンガーにかけておいたりとかしてるからね。

なお、ブレザー制服は最低オプションのものを2枚、学園から支給されているぞ。

女子と同じグレーのジャケットに紺《こん》のネクタイ、紺のズボンだ。

そんなふうに過ごしていると、窓の外から木刀を打ち合う音が聞こえてきた。

「ぷぎゃっ⁉」

「駄目《だめ》だな。次」

「我こそは名門メイリス家の長男、ハルトマンなり。此度《こたび》は――あびゅっ⁉」

「もういいぞ。次」

窓から覗《のぞ》くと、フユナという3年生の女子生徒の横顔が見えた。

例の「強い人を探している」というアレで、男子たちが自分を売り込《こ》んでいるらしい。


そして翌朝。

「うぅ……」

「だめだぁ……」

地面に這《は》いつくばる男子生徒たちを横目に、僕は寮を出て学園の校舎へと向かう。

今朝も早くから、名乗りを上げた男子生徒とフユナ先輩との手合わせが行われていた。

「やっと俺の番だ！　見よ、この聖なる一撃《いちげき》、【グラド――ぶりゅ！」

「ありがとう。君はもういい。では次」

今年の新入生は５００人前後、男子はその半分くらい。

風の噂ではすでに50人以上を面接しているが、お眼鏡にかなう男は未《いま》だにいないんだとか。

クエストを受けに朝方、学園の受付にやってくる冒険者《ぼうけんしゃ》たちもほほう、と声を上げてその光景を眺《なが》めている。

まあ、そんなことはいいか。

さて、今日から授業が始まる。

授業は僕の通った神殿《しんでん》でもあったけど、ここまで細かくはなかったな。

今日の1時間目は『魔物《まもの》発生学』。ゴールド、シルバークラスと合同の授業だ。

先生が教室に入ってきて登壇すると、ざわついていた室内が一気に静かになった。

「ようこそ新入生たち。私がミザルだよ。この学園で一番の古株さ」

教壇《きょうだん》に立つ丸眼鏡をかけた小柄な中年の女の先生が、その体格に見合う小さな声で挨拶をした。

ミザル先生は『A級魔物解剖学』と『魔物発生学』を教えてくれるらしい。

どうでもいいけど、この先生の名前は忘れないだろうなと思った。

メガネザルに似てる気がするから。

「知識は格上の魔物と戦う時に、窮地《きゅうち》から救い出してくれる大事なものなんだ。けっして疎《おろそ》かにしてはならないよ」

今日は簡単なオリエンテーションの後、卵から孵化《ふか》する魔物と、哺乳類《ほにゅうるい》のように赤子として母体から生まれてくる胎生《たいせい》の魔物について習った。

卵を産む魔物は大量に産んで生き残る確率を上げ、母体胎生はひとつひとつを大事に育てて個の生存確率を上げる仕組みを選んでいる。

「出遭《であ》った時、どっちが厄介《やっかい》だと思うかい」

「はーい」

プラチナクラスエリアからたくさんの手が挙がった。

さすが粒《つぶ》ぞろいらしく、60人ほどのクラスメイトの半分が手を挙げている。

「卵です。数が多く、殲滅《せんめつ》に手間がかかります」

金髪をオールバックにした男子、ポエロが答える。

彼の制服には襟《えり》に金色のボタンや、ストライプネクタイなど、各種オプションが追加されていた。

まあトップのクラスだから、貴族を親に持つ生徒が多いのは偶然《ぐうぜん》ではないだろう。

そんな外見もあって、彼はすでにクラスの皆から知られる存在になっていた。

「何もできない卵が厄介なわけないでしょ。生まれながらに牙《きば》を持つ1体のほうが断然脅威《きょうい》よ」

すかさずそばかす少女のスシャーナが反対意見を述べる。

そう言って二人は席を立ったまま、睨《にら》み合うのだった。

◆　◆　◆

言っていなかったけど、この異世界も年、時間、分、秒という概念《がいねん》が浸透《しんとう》している。

きっと誰《だれ》か、アリストテレスみたいな人が僕よりもずっと前に転生して、広めたんだろうな。

さて、今日の午後は『魔法実技1』で、プラチナ・ゴールドクラスの合同授業。

小太りのヒドゥー先生が実践《じっせん》的に教えてくれる。

50歳《さい》くらいの、黒髪を前髪ごと後ろに結《ゆ》ったおばさん先生だ。

主に『下位古代言語1』と『魔法実技1』を担当している。

生徒の誰もが魔法を唱える職業につくわけではないが、この魔法実技は必須《ひっす》だ。

12位階ある古代語魔法のうち、最下位の第一位階は別名『共通魔法《コモン・マジック》』と呼ばれ、誰でも努力次第で使えるようになるからだ。

『共通魔法《コモン・マジック》』には〈魔法の光灯《コンティニユアスライト》〉や〈着火《ティンダー》〉、〈一時施錠《テンポラリーロック》〉などがあてはまる。

魔法を使える職業はこれを1年生のうちに、使えない職業の者は2年生の終わりまでにすべて習得する必要がある。

「まず、各自の才能、見る。古代語魔法、初歩の〈魔法の光灯《コンティニユアスライト》〉を詠唱《えいしよう》、一人ずつ、やってごらん」

ヒドゥー先生は光を灯す木の棒と、詠唱の発音の詳細《しようさい》が書かれた紙を生徒全員に配る。

常用する言語がたどたどしくなってしまっているのは、古代言語の研究に没頭《ぼつとう》しすぎているせいらしい。

紙には矢印が随所《ずいしよ》にふられていて「上げ気味で」「区切るように」「ここは強く発音」などと追記されている。

「うーん、うまくいかない」

「最初、できなくてもいい」

魔法を成功させる際、魔力の活性の高め方を知ることが、最も大きな壁《かべ》だと言われている。

感覚的なもので、教えてもらうことができず、何度も練習して自分なりに掴《つか》むしかないからだ。

なお、古代語魔法というのは一般《いっぱん》に解明の進んでいる下位古代語《ロー・エンシエント》と呼ばれる言語での詠唱になる。

日常言語とは違《ちが》い、少々発音も難しいものだ。

ちなみに「上位古代語《ハイ・エンシエント》」と呼ばれる言語で詠唱すると、威力《いりょく》は格段に増強する。

魔法が求める音《おん》や韻《いん》を丁寧《ていねい》に踏《ふ》むからだとされているが、未解明な部分が多く、詳細は不明だ。

もちろん『悪魔言語詠唱』などはさらに未知なもので、煉獄の巫女《アシュタルテ》に近しい僕しか知らないんじゃないかな。

「リラの発音、少しずれてる」

「後半、イントネーション、ほとんど外れ。もっとゆっくり」

先生は特有のたどたどしい言葉ながらも、一人一人生徒の発音のズレを次々と細かに指摘《してき》していく。

そんな中、例によって、ポエロとスシャーナは早々に魔法に成功し、皆から拍手《はくしゅ》を受けた。

「こんなの、俺なんか4歳からできるぜ」

「え？　それ灯ってるの？　弱くてわからなかったわ」

「なんだと！　お前より光ってんだろうが！」

また互《たが》いに対抗心《たいこうしん》を燃やし合っている。

この二人、互いを高め合うという意味では、相性《あいしょう》はいいのかもな。

そして、僕の番になる。

「サクヤ、やって」

「いいでしょう」

よし、見せてやる。

僕の顔が、一気に研ぎ澄《す》まされていく。

――いくぞ。ここは一発、大きく外す。

僕はプラチナクラスには見合わない存在だとアピールする。

そして、漏らし屋《イエロー》クラスへ行くんだ。

「サウジ・イランイラク・セキユイパーイ……」

僕は小声ですばやく詠唱する。

だが先生は聞き取って顔をしかめた。

「詠唱、全然でたらめ」

「――〈魔法の光灯《コンティニュアスライト》〉！」

――カッ！

「……うわ、ついてるし！」

セルフツッコミしてしまった。

なんと、光が灯ってしまっていた。それも眩《まぶ》しくて仰《の》け反るほどの明るさで。

「おおぉ眩しい!?」

「……ちょ⁉　だれ、誰？」

「すげぇ、あんなに光ってる！　あの人、誰⁉」

100人を超える生徒たちが、一斉《いっせい》に僕を振《ふ》り返る。

「……うそ……」

睨み合っていたスシャーナとポエロが、ぽかんと口を開けてこちらを見ている。

「今の、まさか……上位古代語《ハイ・エンシエント》⁉」

ヒドゥー先生がじり、と後退《あとずさ》りした。

いや、絶対にそんなはずは。

◆　◆　◆

翌日。

今日は午後から『近接総合実技』の授業があるので、僕は昼食を終え、みんなと同じように靴《くつ》を履《は》き替《か》え、グラウンドに向かう。

みんなと何ら変わりない動きのはずだった。

なのに。

ひそひそ、ひそひそひそひそひそ。

「………………」

同学年の生徒たちの視線が、明らかに僕に集まっているのが感じ取れる。

僕を指さして、あの人だよ、と言う女子もいた。

（くそ……！）

間違いなく昨日やらかしたせいだ。

こんなに目立ってはだめだ。チカラモチャーは、陰《かげ》にいるからこそ引き立つというのに。

（今日で取り返すしかない……）

僕は無意識に両手の拳《こぶし》を握《にぎ》り締《し》めた。

今日こそは絶対に失敗、いや成功できない。

（いや、大丈夫《だいじょうぶ》だ……）

僕は血走った目のまま、一人頷《うなず》き続ける。

僕には、昨晩考え抜《ぬ》いて編み出した秘策があった。

そう、確実に、そして無難に実技の授業を終える方法だ。

「よーし揃ったな。ここに木製の武器を用意してある。各自好きなものを手に取れ。自分の武器を使ってもいいが、刃《は》のある武器は周りに気をつけて使うんだぞ」

授業を担当するゴクドゥー先生が声を張り上げた。

その後ろにはヒドゥー先生や初めて見る女司祭の先生もいる。

今日の授業内容はヒドゥー先生がつくる最下級ゴーレムの泥人形《ソイルパペット》相手に、生徒一人一人が順番に戦うというものだった。

戦うといっても泥人形《ソイルパペット》は一切《いっさい》動かないので、生徒は一方的に攻撃《こうげき》を仕掛《しか》けることができる。

「終わった奴《やつ》はこっちに来て座《すわ》って待て。他の生徒の戦いを見るのも立派な勉強だぞ」

地面には白い粉で線が引かれており、泥人形《ソイルパペット》との戦いが終わったら、2回やることがないよう、線を越《こ》えた場所で体育座りをして待つという。

「もらった……」

予想通りの授業内容に、僕は心の中でほくそ笑んでいた。

「よし、じゃあシルバークラスから始めるぞ」

右側の列の生徒たちから一人ずつ順番に実技が始まった。

「気合いはいいぞ。俺はそういう奴が好きだ。だが自分の武器の長さで間合いを決めろ。次」

「連撃は面白《おもしろ》かった。が、斬《き》り上げるなら最後まで振り抜け。次」

「おい、近接状態でたじろぐな。その一瞬《いっしゅん》が命取りになるぞ。次」

ゴクドゥー先生が、生徒ごとに的確なアドバイスをいれていく。

1時間があっという間に過ぎた。

ゴールドクラスまで終わり、プラチナクラスの生徒が登場し始める。

「よし、次、テルマ」

「行きます」

ドレッドヘアーのテルマは腰《こし》を落とし、半身に構えると、許可された自分の盾で自身と木刀の切っ先を隠すようにしながらじりじりと接近していく。

彼の『ガンダルーヴァ流盾剣術』は広く知られた流派で、リンダーホーフ王国にいた僕でも何度か目にしたことがある。

盾職《タンカー》に人気の剣術で、勇者パーティにいたゾッポもその熟練した使い手だった。

剣の前に盾が来ていることからもわかる通り、彼らの戦い方は『盾ありき』だ。

「――やぁ！」

泥人形《ソイルパペット》が一瞬で胴《どう》を貫《つらぬ》かれ、土に還《かえ》る。

よく訓練された一撃だ。

ほぼ同じ容姿をした双子の妹のルイーズも、巻き戻したかのごとく全く同じ動きで泥人形《ソイルパペット》を倒《たお》し、拍手をもらって帰っていく。

二人とも、随分《ずいぶん》と実戦慣れしている印象だった。

「よーし、お前らは言うことがない。次！」

「あたし、2体でも倒せます」

そう言って小さなおしりを払《はら》いながら立ち上がったのは、そばかす少女、スシャーナだった。

「スシャーナか。いいだろう。俺はそういうやる気がある奴が好きだ」

ゴクドゥー先生が木刀を担《かつ》ぎ、ヒドゥー先生を振り返って目配せする。

少々時間がかかったが、2体の泥人形《ソイルパペット》が、ヒドゥー先生の前に出現した。

「やってみろ」

「はいっ」

タタッ、と軽快な足音を立てて、スシャーナが並んだ泥人形《ソイルパペット》の側面に回り込む。

「……熱矢は諸悪を滅す《アンスロ・グライス・ラ・アルテ》……ほとばしれ炎の矢《ファイアアロー》よ」

スシャーナの両手が淡《あわ》く光る。

次の瞬間、そこから赤く滾《たぎ》った炎の矢《ファイアアロー》が1本放たれた。

古代語魔法第二位階に属する、〈炎の矢《ファイアアロー》〉の魔法だ。

ジュッ、という音を立てて、泥人形《ソイルパペット》は2体まとめて炎《ほのお》に貫かれ、崩《くず》れ落ちる。

「おお、見事だな！　第二位階なのによく練習しているな」

先生の言葉にスシャーナは腰に両手を当て、えっへんと大きくない胸を張る。

パチ、パチパチ、とささやかに拍手が始まる中。

「ブラボー！　ブラボォォ！」

僕は一人でスタンディングオベーションしていた。

今の僕にはスシャーナが輝《かがや》いて見えていた。

「えっ」

スシャーナが驚《おどろ》いたように僕を見る。

「素晴《すば》らしい！」

彼女のお陰で、昨日の僕など霞《かす》んだに違いない。

狂《くる》ったように拍手する僕につられるように、皆が拍手を始める。

「………………」

やがて盛大《せいだい》になった拍手に、スシャーナが頬《ほお》を赤くした。

「……つまらない。俺は3体にしてくれ」

その拍手が鳴り止むころ、金髪少年ポエロが悠々《ゆうゆう》と立ち上がり、ゴクドゥー先生に願い出る。

ゴクドゥー先生がにやっと笑った。

「ほう、ポエロか。首席のお前ならいいだろう」

頼まれたヒドゥー先生が額に汗《あせ》をかきながら、なんとか3体の泥人形《ソイルパペット》を出現させた。

「どれ、見せてやるかな」

泥人形《ソイルパペット》が並んだのを確認《かくにん》したポエロが、自身の杖《つえ》を取り出し、目を閉じて詠唱を始めた。

格好《かっこう》をつけて始めたその詠唱だが、ちょっと噛《か》んでやり直したりして、2分ぐらいかかった。

それでも生徒たちは固唾《かたず》をのんで見守っている。

「ふっ――いでよ、土の神！」

「おおぉ⁉」

土の神とか言うから何かと思えば、ポエロが金髪を掻《か》き上げながらやっと喚《よ》び出したのは、ただのアースゴーレムだった。

「コーホー……コーホー」

体長は2メートル超《ちょう》。

体がゴツゴツとした岩でできていて、その目元は夜空のような闇《やみ》になっている。

召喚術がランクアップするにつれ、アースゴーレムは素材が強化されるが、特に強化されている様子はなかった。

「きゃー！」

「すごい！　召喚初めて見たぁ！」

シルバー、ゴールドクラスの生徒たちから大歓声が上がった。

早くも始まる、拍手喝采《はくしゆかつさい》。

「いけ」

ポエロが得意げな笑みを浮《う》かべた。

アースゴーレムが、のそり、のそりと泥人形《ソイルパペット》に近づく。

「フッ――なぎ払え！」

ポエロの指示に従い、アースゴーレムがその右手を横に一閃《いつせん》した。

ボコボコボコッ、という音をたてて、３体の泥人形《ソイルパペット》が砕《くだ》け散る。

「きゃー！　きゃー！」

ゴールド、シルバーの女子生徒たちが総立ちだ。

「ブラボォォー！」

僕も交ざって跳《と》び跳《は》ねる。

みんな、やってくれるじゃないか！　昨日の僕を忘れさせるような勢いだ！

僕のクラスメイトもまんざら捨てたものじゃない！

◆　◆　◆

そして最後の一人が泥人形《ソイルパペット》との戦いを終え、白線を跨《また》いで座った後、ゴクドゥー先生が僕たちを見渡《みわた》した。

「よし、みんな終わったな……と俺が言うと思ったか」

「……え？」

生徒たちは意味がわからず、ざわりとした。

「一人、終わっていないのに終わったふりをしている奴がいる」

「…………」

僕はそれとなく俯《うつむ》いた。

「え、誰？」

「あれ、でも皆終わった側に座ってますよ」

『回復学』担当の光の司祭のテレサ先生が、首をかしげる。

「確信犯だ。知っていて白線を跨いだ人間が一人いる」

しかし、ゴクドゥー先生は静かな声で繰《く》り返した。

生徒たちがざわめき始める。

「……誰だ」

「誰だよ、おい」

「いいかげんにしろよ！　勝手に白線跨ぐなよ！　迷惑《めいわく》なんだよ！」

「サクヤ、お前だよ」

「…………」

一番に喚《わめ》いていた僕は閉口させられた。

「俺の目を欺《あざむ》けると思ったか」

そう言って、ゴクドゥー先生がリーゼントを直しながらニヤリと笑う。

「…………」

くそ、僕の秘策が！

やがて僕は力ずくで、泥人形《ソイルパペット》の前に立たされる。

「……いいさ。やってやる」

僕は木刀を握りしめると、おおぉ、と叫《さけ》びながら泥人形《ソイルパペット》に向かって駆け出す。

そうやって調子こいておいて、派手に転んで終わるつもりだった。

が、転んだはいいものの、思った以上に地滑《じすべ》りし、僕の額の先が、泥人形《ソイルパペット》の脛《すね》の部分にコツン、とぶつかってしまった。

直後。

《【認知加速】が発動しました》

《【悪魔の数式《ティラデマドリエ変換》】が発動しました》

僕を守るように、禍々《まがまが》しいなにかがのそり、と気配を現す。

《【ソロモン七十二柱】煉獄の巫女《アシュタルテ》が怒《おこ》りました。反撃《カウンター》を開始します》

「……あ」

現れた、怒《いか》りの煉獄の巫女《アシュタルテ》。

そう、僕は彼女の石板をつけたままだったのだ。

「απόγευμα αιώναςέκρηξη έκρηξις……」

やがて、歌うような女性の声が、未知の言語を紡《つむ》ぎ始める。

「……え……？」

「なにこの言葉……誰が……？」

生徒たちが顔を見合わせる。

刹那《せつな》、皆が飛び出んばかりに目を見開いた。

——ドドドドドッ！

第三国防学園のグラウンドに、凄《すさ》まじい轟音《ごうおん》が鳴り響《ひび》いた。

5つの黒塗《くろぬ》りの剣が、空から落ちてきたのだ。

直下にいた泥人形《ソイルパペット》は【闇の光】を纏《まと》ったその剣に貫かれ、悶《もだ》える間もなく蒸発し、粉になって舞《ま》い散っていく。

「…………」

その現実離《ばな》れした様子を、皆がただ呆然《ぼうぜん》と眺めている。

「いやー世の中って不思議なことばかりですね。こんな雨が降るなんて」

冷や汗ダラダラだったけど、僕は他人事《ひとごと》のように、やれやれ困ったな、と肩をすくめてみせる。

「…………」

しかし皆はただ口をぽかんと開け、亀裂《きれつ》の入った地面を地蔵のように眺めるだけだった。

◆　◆　◆

教室に戻り、帰りのホームルームが始まる。

「授業初日、お疲《つか》れ様でした。さっき地震《じしん》が2回もあったみたいです。みんな気をつけてね」

また明日ね、とマチコ先生が優しく微笑《ほほえ》む。

その笑顔すらも、僕には悲しく映る。

「きりーつ、礼。ありがとうございましたー」

「…………」

だが、誰もその場から動かない。

いや、皆の首から上だけがおもむろに動き、僕を振り向いた。

「急用が」

そんな中、僕は下を向きながら教室の出口へと駆ける。

が、とっさに反応してきたクラスメイトたちにあえなく取り囲まれた。

「あのさ……」

「ねぇサクヤくん」

「……ちょっと、さっきのサクヤくんが？」

僕の周りに女子だかりができていた。

廊下《ろうか》にも、シルバーやゴールドクラスの女子たちが、これでもかとばかりに詰《つ》め寄せていた。

「……ねぇ！　あなたすごいじゃん！　あの時のポエロの顔見た？　いったいどんな手品使ったの」

そんな人だかりを押《お》し退《の》けて、スシャーナまでもがやってくる。

苦悶《くもん》の表情を浮かべたまま、僕は全力で屈《かが》んだ。

「……あ、あれ？　消えた？」

「……えっ……？」

「さ、サクヤくん？」

そのままみんなの足元を縫《ぬ》うようにして、僕は逃《に》げた。

◆　◆　◆

1年のプラチナクラスの教室では、当人がいなくなってもサクヤの話題でもちきりだった。

「あのやろう……俺が目立つ予定だったのに」

ポエロもその例にもれず、サクヤが出ていったらしい廊下を睨み続けている。

「まさか……あれも召喚？」

「……だとしたらすごくね？　ポエロよりすごくね？」

「うるさい！　それ以上言うな！」

ポエロは自分のパシリたる二人の同級生に怒鳴《どな》り散らした。

あれだけのものを見せられれば、言われなくとも理解していた。

自分のほうが劣《おと》っていることを。

「サクヤとか言ったな……いったいどこから来た奴だ？　絶対に許さねぇ……」

ポエロは、王都マンマでは有名な豪商《ごうしよう》であるルヒテン伯爵《はくしやく》家《け》の長男であった。

長男と言えど姉が二人の末っ子であり、幼少時から父母に特別に可愛《かわい》がられたせいで、ポエロは常に人の注目を惹《ひ》きつけないと気がすまない人間になっていた。

それだけに、誰かが自分より注目を浴びると、ポエロはその身を削《けず》られるようにつらく感じるのである。

「特例試験で入ってきたやつでさ、誰もよく知らないらしいよ」

ポエロのパシリAをしている坊主《ぼうず》の少年ボヤが言う。

特例試験は本試験と違い、試験範囲《はんい》というものが事前に明らかにされない。

それゆえ、試験当日は何によって自分が試《ため》されるのかがわからず、貴族たちの間では論外の選択肢《せんたくし》であった。

「それでよくこのプラチナクラスに入ってこれたな」

「でもさ、笑ってよ。あいつ、寄付もしてないから寮に部屋なしなんだって」

パシリBの坊主少年バヤが忍《しの》び笑いをしながら言う。

この3人は学園予備校のころから、ずっとつるんでいた間柄《あいだがら》である。

「アッハッハ！　そりゃかわいそうな家だな。あんなボロい寮ですら部屋を充《あ》てられないとは。そういや制服も最低オプションだった」

ポエロは満足したように笑った。

「でもマジでやばかったよね、さっきの」

ボヤが言いながらその光景を思い出したのか、ぶるっと身震《みぶる》いした。

「なんの話？」

ポエロが首を傾《かし》げる。

「え？　いやさっき空から剣みたいのが降ってきてたじゃんよ。あれ」

「……いつ？」

バヤもわからないといった表情でボヤを見る。

「え？　二人ともどうしたんだよ、ついさっきのことだろ……」

そこでボヤも言葉を失う。

「あれ……」

ボヤはふと自分の腕に視線を落とし、そこに粟立《あわだ》った鳥肌《とりはだ》の意味がわからなくなる。

「僕……今なんの話してたっけ」

「サクヤの話だろ。寄付してないから部屋なしだって」

「いや……その後になんか話してなかった？」

「………………」

「してたっけ？」

「……あぁそうだ」

訊《たず》ねた本人のボヤがぽん、と手を叩《たた》く。

「制服も最低オプションって話だったな。まさに雑魚《ざこ》キャラ路線って」

「そうだった」

「でも、なんでサクヤの話をしてたんだっけ」

「誰が言い出したっけね」

3人は顔を見合わせる。

わからなかった。

「つーかもう帰ろうぜ。今日の実技は俺が一番目立って満足だったしな」

髪を掻き上げて、満足げに言うポエロ。

「さすがポエロだったよ」

「スシャーナのあの顔、マジ笑ったね」

「全く、いい気味だぜ」

3人がハイタッチする。

「さ、帰ろ帰ろ」

3人は楽しげに笑い合い、教室を出る。

あれだけ騒いでいた教室にはもう、誰も居なかった。

◆　◆　◆

「……くそっ、スーパーアタークック！」

僕は八つ当たりするようにトイレの石におしっこをかけながら、叫んでいた。

煉獄の巫女《アシユタルテ》の、あの降ってくる剣をクラス全員にガン見されてしまった。

「くそ、僕はいったいどうすれば……！」

ズボンの前を閉めながら、唸《うな》る。

ほぼ徹夜《てつや》であの秘策を編み出し、そのことばかり考えていた。

煉獄の巫女《アシユタルテ》を身に着けていたことをすっかり忘れてしまうとは、まさに愚《ぐ》の骨頂。

「こうなったら」

作戦1、一人一人、口止めして歩く？

いや、無理だ。

先立つものもないし。

「そうか」

それよりも、とぼけ続けるのが得策かも。

だいたい、僕があれを喚び出したという証拠《しょうこ》なんてないじゃないか。

作戦2と名付ける前に決まった。

全力でとぼけよう。その間にきっと噂の75日くらい経《た》つはずだ。

そう決めた僕はトイレから颯爽《さっそう》と駆け出した。


「ちょっと、サクヤくん」

僕はびくり、とする。

外に出るなり、僕に駆け寄ってくる人がいた。

茶髪を肩におろした、そばかすスシャーナだった。

彼女は腕を大きく横に広げ、僕の前で通せんぼする。

僕は一瞬で気持ちを引き締めた。

最初の相手はこの人か。

いいだろう。

「それなんだけど違うよ」

僕は背筋を伸ばして、全力でとぼけ始める。

「何の話？」

「さっきのでしょ？　ほら、空から剣が……」

「……剣？」

スシャーナが目を丸くして不思議そうにした。

「え？　見なかったっけ」

いや、見なかったはずはない。

僕、さっき言われたからね。

……ねぇ！　あなたすごいじゃん！　あの時のポエロの顔見た？　いったいどんな手品使ったの――。

「サクヤくん、あのさ……」

しかしスシャーナは僕をまじまじと見る。

「あたし……どうしてここでサクヤくんを待ってたんだろ」

「へ？」

スシャーナは冗談《じょうだん》ではなく、心底わからないといった表情だ。

どうしたスシャーナ、頭でも打った？

「……どうしてだっけ。自分でわからなくなっちゃったの」

「それはきっと……さっきの授業での話だよね」

「授業での話って……ああ。そうかも」

何かを思い出したのか、ふいにスシャーナが頬を赤くした。

「……さっきは拍手してくれてありがとう。あたし……あんなに嬉《うれ》しかったこと、なかった」

「へ？」

「それが言いたかったの。じゃ、また明日ね！」

スシャーナが照れを隠すようにそそくさと立ち去った。

「………」

軽く閉口していた。

絶対におかしい。スシャーナがあのことを忘れている。

でも不思議すぎる。空から剣が降ってくる、あれだけ強烈《きょうれつ》なシーンを忘れるとか、あり得る？

「あ、サクヤくんだ」

そんなふうに棒立ちしていると、後ろからまた声をかけられる。

さっき教室で僕を取り囲んでいた同級生の女子たちだ。

やばいな、あの子たち、僕が逃げたのを知っている。

（いや、臆《おく》するな）

僕は再び、背筋をピンと伸ばした。

弱々しくしていると付け込まれるのはどこの世界でも同じ。

力強く振る舞うんだ。

「みんな違うんだ。あれはね――」

「おつかれサクヤくん」

「あ、おつかれー」

真顔だった僕はとっさに切り替えて、爽《さわ》やかな『お別れ時の人』になる。

女子たちは僕に一瞬目を向けただけで、そのまま通り過ぎていった。

「……これは……⁉」

僕の顔に歓喜《かんき》が宿る。

スシャーナだけじゃない。みんなもしかして、あの事件を忘れている？

でも、そんな好都合なことが起こりうるのか。

「………………」

ここは確認に行かねばなるまい。

僕は勇気を振り絞《しぼ》って職員室に行った。

がらら、と横開きの扉《とびら》を開けると、ゴクドゥー先生が怖《こわ》い顔で机に向かっているのが見えた。

教室とは違い、軽く風の魔法が働いて空気が循環《じゅんかん》しているのがわかる。

「失礼します、ゴクドゥー先生」

「おお、サクヤか。今日は見なかったな」

キラーン。

「やっぱりですか」

理由はわからないが、なぜかみんな、僕のあの召喚を忘れてくれていた。

「実技はあまり休むなよ。で、何しに来た？」

「グラウンドに亀裂が入っているところがあって、危ないのでご報告に」

「なにぃ」

ゴクドゥー先生が目の色を変えて職員室から出ていった。

すごい、亀裂の存在すら忘れている。

近くにヒドゥー先生もいたので、訊《き》いてみた。

ヒドゥー先生は昨日の〈魔法の光灯《コンティニュアスライト》〉の件は覚えていてしつこく訊かれたけれど、やはり今日のことは覚えていなかった。

でも、どうしてみんな覚えていないんだろう。

思い当たるフシがない。あの時いたのって煉獄の巫女《アシュタルテ》くらいなんだけど……。

「………あ」

職員室を出て、扉を閉めたところで、はっとひらめいた。

もしかして……これ、煉獄の巫女《アシュタルテ》が事前付与《ふよ》する【悪魔の数式《テイラデマドリエ変換》】の効果？

煉獄の巫女《アシュタルテ》しか居なかった以上、その可能性は非常に高い。

「マジか……」

今すぐ試してみる気は起きないけど……もし、そうだとしたら、これ以上チカラモチャーにふさわしいスキルがあろうか。

表立って行動しても、みんな忘れてくれるんだぞ。いつでも縁《えん》の下に戻れるんだぞ。

すごいよ、【悪魔の数式《テイラデマドリエ変換》】。

「煉獄の巫女《アシュタルテ》、最高だァアー！」

僕は空に向かって一人、ガッツポーズを決めた。

でもこの【悪魔の数式《テイラデマドリエ変換》】、いったいどのくらいの時間、記憶《きおく》を修正するんだろう。

さっきの感じだと、みんな、帰りに僕が逃げ出したことも覚えてなかったしな……。

もしかして3日くらい続いちゃうとか？

「もう少し調べておくか……」

僕はそのまま寮に戻ると、出会った人に手当たり次第《しだい》、『あ、うんち漏《も》れた』と嘘をついてトイレに駆け込むシーンを演出してみた。

【悪魔の数式《テイラデマドリエ変換》】以外で忘れるはずがない程度の、インパクトのあるシーンを心がけたつもりだ。

夕食後にでも、覚えているかをその数人に訊いてみよう。

もし覚えていなければ、【悪魔の数式《テイラデマドリエ変換》】は半日近く作用することになる。

これ次第で、今後のチカラモチャー行動にも大きく影響《えいきょう》するだろう。

そしてやってきた、夕食後。

訊くまでもなかった。

僕は晴れて『うんち漏らし』の称号《しょうごう》を手に入れていたからだ。

くそ！　裏目に出た！　忘れないなら、もっとまともなシーンにしとけばよかった！

この称号ゆえに、同じクラスのみんなが心なしか僕から机を離《はな》すなど距離《きょり》を取るようになったのも、気のせいではないだろう。

第8話　絶対なんか起きるクエストへ！

数日経《た》ったある日。

今日は街からの依頼《クエスト》を受注してこなすという、少し変わった日になる。

依頼《クエスト》というものは以前も言った通り、一律に国防学園に寄せられる。

依頼《クエスト》の多くは生徒たちではなく、すでに卒業して冒険者《ぼうけんしゃ》となった人たちが受注してこなす。

なので、窓口には毎朝、新しい依頼《クエスト》を探しに学園ＯＢたちが集まって話に花を咲《さ》かせている。

しかし中には生徒ランクの『上等兵』や『一等兵』、『二等兵』でもクリア可能な簡易なクエストも存在する。

「おつかい系」と呼ばれるものが最たるものだ。

そういうものは概《がい》して苦労のわりに見返りが少ないため、何日も消化されずに残りやすい。

なので学園が生徒の教育をかねて拾うのだ。

そうすれば依頼《クエスト》未消化で学園に不満《クレーム》が来ることもなくなるというわけだ。

新入生が任されるのは「おつかい系」の中でも、何度も行われるタイプの繰《く》り返し依頼《クエスト》。

何度も行うだけに安全性の検証度合いも高く、そのうち慣れた学生たちが依頼《クエスト》を受けて稼《かせ》ぎとすることもできるようになる。

今日はクラスで未経験の３人が選ばれ、実技の授業を休んで午後からおつかいクエストに行く。

街から離《はな》れた森の脇《わき》に住んでいる薬草農家に、新鮮《しんせん》な食材を届けに行くというものだ。

行程は片道2時間といったところか。

馬ならもっと早いんだけど。

僕《ぼく》のほかは、学年ナンバーワンの実力をポエロと競《きそ》っている茶髪《ちゃぱつ》のそばかすシャーナと、小柄《こがら》な薄《うす》い蒼髪《そうはつ》ツインテールの少女。

名前はピョコという。

「よろしくサクヤくん」

「あい。こちらこそ」

スシャーナはポエロを呼び捨てにするので、くんづけされた僕は『うんちを漏《も》らす男』といえど、もう少しましな扱《あつか》いと評価できる。

スシャーナをこうやって正面から眺《なが》めたことはなかったけれど、目はくりっとして意外に愛らしい顔立ちをしている。

眉《まゆ》が吊《つ》り上がっているのは、その性格を表したものかも。

「サクヤさん、よろしくお願いしますっ！　自分、身を挺《てい》してがんばります！」

「い、いや、身は挺さなくていいよ……」

ピョコは最年少の12歳《さい》らしいが、正直10歳以下に見える。

背は僕より頭ひとつ小さく、顔立ちが整っているけどまだ幼くて、目が顔の面積を大きく占《し》めている感じだ。

あ、でもこう見えてもプラチナクラスに入るんだから、外見で判断してはならないか。

軍隊的な話し方をするのはなぜか知らないけど。

「自分、何でも言うこと聞きますっ。何でもやりますので言ってくださいっ！」

「…………」

いや、なんでもはマズイよ。

「そういえば、サクヤくんの職業ってもう決まってるの」

「剣士《けんし》だよ」

僕は嘘《うそ》をついた。

僕の元職業〈僧戦士《クルセイダー》〉はわりとありふれているけど、〈深淵の破戒僧《アポステートオブジアビス》〉ってのは今まで聞いたことがないし、言ったら絶対に目立つよね。

たぶん、『漆黒の異端教会《ブラック・クルセイダーズ》』の僧戦士《クルセイダー》じゃないと転職できない職業なんだろうな。

スシャーナが言うように、職業というのは生まれた時には持っておらず、早ければ3歳、遅《おそ》くとも12歳くらいまでに決定する。

多くは親や、自分の好きなことの影響《えいきょう》を受けた職業になるのだとか。

もちろん希少職《レアジョブ》というのも存在する。

古代語魔法《まほう》や精霊《せいれい》魔法の使い手は一般《いっぱん》に希少とされているし、アラービスの『勇者』なんかは20年に一度しか出ないという話だ。

「へぇーサクヤくんって、近接系職業なんだ」

「うん」

職業が決定した時点でベースとなるスキルツリーが配付されるため、貴族の英才教育的には早めにわかったほうが有利だ。

なお、職業が一緒《いっしょ》でもスキルツリーには個人差があり、全く同じものにはならないという。

その後の生き方で、ツリーが伸《の》びてスキルが追加されたりもするくらいだ。

「あたしはね、『古代語魔術師』に決まってるの。人気ジョブよ」

「ソレはスゴイネー」

「でしょでしょ！」

スシャーナがにっこりする。

誰《だれ》かに自慢《じまん》げに言うのが楽しいんだろうな、スシャーナって。

「自分、旅商人《マーチャント》になりましたっ」

そう言うのはピョコだ。

仲間にいると商店で値切りができたり、宿に泊《と》まる時にも『商人組合割引』が発生したりするありがたい存在だ。

そんなふうに話し込《こ》んでいると、横から上級生が髪を掻《か》き上げながら話しかけてきた。

「揃《そろ》ったね？　じゃあさっさと行こうか。卒論あるんで」

おつかいクエストといえど、万全《ばんぜん》を期すために4年生の先輩《せんぱい》が一人、用心棒としてついてくれることになっている。

メガネをかけた、茶髪七三分けのイケメンだ。

制服はきらびやかに改造されており、金持ち貴族の息子《むすこ》であることは一目瞭然《いちもくりょうぜん》だった。

名前はゲ＝リという。

リ家の両親よ、どうしてイケメン台無しな名前にしたよ。

イコール挟《はさ》んだところで意味するものはソレだろうよ。

「よろしく頼《たの》むよ」

見た目も若干頼《じゃっかんたよ》りない空気が漂《ただよ》っているが、仮にも4年生だし、僕たちの【二等兵】から4階級上の【伍長《ごちょう》】まで昇進《しょうしん》している人だ。

僕たちは新入生らしく、お願いしまーすと頭を下げてその人とともに学園を出発した。

◆　◆　◆

ひと雨来そうな、どんよりした曇《くも》り空。

本来、クエストの薬草農家には歩いていくらしいが、ゲ＝リ先輩が金に物を言わせて4人乗りの馬車を借りてくれていた。

「これって歩かなくていいんですか」

「歩けというルールはないんだよ。ただクエスト完了《かんりょう》だけすればいいの。こんなのさっさと終わらせるに限るしね」

訊《たず》ねた僕に、ゲ＝リ先輩がフッと笑った。

クエスト報酬《ほうしゅう》以上の金を支払《しはら》ってクエストを攻略《こうりゃく》するとか、どんだけ貴族だ。

しかも道中を歩いて道を覚えないと、後々自分たちじゃできないのに。

「でも馬車だと、魔物とかに襲《おそ》われた時に後手に回るんじゃ」

平和な世界からずっと遠のいていた僕は、どうしてもそれが気になる。

馬車の中というのは外界に立つ時よりも、自分の感覚を様々に遮《さえぎ》られるのだ。

「君はこの馬車が宝島か何かだとでも思っているのかね」

「されないと？」

「されるはずがないだろ？　もう何年も繰り返し行われているんだよ」

経路を考えれば、魔物が常在している森の近くも通るし、安全だなんて絶対に言い切れない。

だからこそ依頼され、クエストとして存在しているわけだし。

この人、悪い人じゃなさそうなんだが、いかんせん考え方が……。

「楽でいいじゃない。ねぇピョコ？」

「はい、自分、皆《みな》さんの指示に従いますっ！」

スシャーナとピョコに反対意見はないらしい。

「ささ、乗って。中におやつも用意しておいたよ」

「やったー」

スシャーナが最初に乗り込んだ。

ピヨコが僕の顔を見て、スシャーナを見て、もう一度僕の顔を見て、迷う。

まぁ、行ってみるか。襲われたら襲われた時だ。


馬車の中では話に花が咲いた。

ゲ＝リ先輩は研究系のスカラークラスに属していて、学園卒業後は学院に進み、体表系火炎《かえん》魔法の研究をするらしい。

「スカラークラスはこの時期、忙《いそが》しくてね。みんな朝まで卒論やって青い顔してるのさ。ほんと参るよ」

ゲ＝リ先輩はこれ見よがしに、メガネを外して目頭《めがしら》をつまむ。

「そんなお忙しい時期にすみませんっ！　お付き合いありがとうございますっ」

ピヨコがお礼をすると、ゲ＝リ先輩はいやいや、かわいい後輩《こうはい》のためだからね、と髪を掻き上げて笑った。

この人、どうやら後輩が好きらしい。

「でも面白《おもしろ》そうな研究テーマですね」

ゲ＝リ先輩の話に、スシャーナが食いついた。

「火炎魔法は燃やす熱で体表からダメージを与《あた》えるものと、爆発《ばくはつ》の圧で内部にダメージを与える2種類があるんだよ」

「知ってます。〈炎の矢《ファイアアロー》〉が前者で、〈火炎球《ファイアボール》〉が後者ですね」

「へぇ、来たばかりの新入生にしてはよく知ってるね」

ゲ＝リ先輩が大げさに唸《うな》ってみせる。

「あたし、古代語魔術師だからね！　えへっ」

「そりゃすごい。【元素適性】は？」

「もともとすべて2ずつあります」

「……ぜ、全属性持ちなの⁉」

ゲ＝リ先輩が目を見開いた。

全属性とはつまり、【火】【風】【土】【水】【雷《かみなり》】を手にしているということだ。

「ひゃ、スシャーナさんすごいですっ！」

「万能《ばんのう》タイプか……古文書には存在するって書いてあったけど、ホントにいるとは」

「イヤースゴイまじスゴイ」

「でしょでしょ！」

本気で鼻を高くするスシャーナ。

しかし実際、スシャーナの存在はありがたい。

自分に話が及《およ》んで自分の話をしなければならないとかより、よほどいい。

僕は断然、誰かの話を聞いている方が楽な人間だからね。

こういう人を一緒に居て楽、というのかな。

「ところでピョコは一人っ子なの？」

話の隙間《すきま》で、僕は隣《となり》に座《すわ》っている幼女に訊ねる。

「はい、自分、そうですっ！」

「じゃあご両親と3人ぐらしなのかな」

「あ、いえ、自分、母親と二人暮らしですっ！　うちは父親が蒸発して、母親が毎晩お水系のお仕事を……むぐ」

「いやごめん、僕が悪かった」

僕はピョコの口を手で塞《ふさ》ぐようにして会話を中断し、無難な話を振《ふ》り直す。

「えーと、じゃあその手に持っている袋《ふくろ》は？」

「あ、はいっ！　自分、この荷物袋で山ほど運べますっ！」

ピョコは旅商人兼運び屋《ポーター》のスキルを持っているらしく、勇者パーティに居た仲間のように【パーティストレージ】がすでに使えるらしい。

どうやらそれを言いたかったらしく、さっきから膝《ひざ》の上にのせて待っていたようだ。

「お、頼もしいね」

「はいっ！　荷物ならなんでもお任せくださいっ！」

「いや、こんな小さいピョコちゃんに持たせるとかひとでなしよ。絶対できない」

「………………」

スシャーナがばっさりと斬《き》り捨てると、ピョコが目をじわりと潤《うる》ませた。

「あー！　あー！　ごめん、あたしが悪かった！」

「荷物持たせるから！　ホント死ぬほど持たせたい！　あ、ちょうどこれ持ってほしかったな！」

「助かるなぁ！　ちょうど卒論で首を痛めてさ！　持つと激痛来てたんだ」

スシャーナと僕とゲ＝リ先輩は必死でフォローした。

◆　◆　◆

「……あれ？」

ふと違和《いわ》感を覚えた僕は、馬車の小窓から外に目を向ける。

「ん？　どうしたの」

スシャーナが僕の横顔を見て言う。

ずっと同じペースで進んでいた馬車がふいにゆっくりになった気がしたのだ。

それは気のせいではなく、そのまま速度を落とし、やがて本当に道端《みちばた》に停《と》まった。

さすがにみんなも気づいて、顔を見合わせる。

「ちょっと聞いてくる」

そう言ってゲ＝リ先輩が扉《とびら》を開け、外に出ていった。

御者《ぎょしゃ》の人に特に慌《あわ》てた様子もないし、危険なことではなさそうだけど……。

やがて戻《もど》ってきたゲ＝リ先輩が降りてごらん、と笑顔《えがお》でみんなに言う。

「王国の部隊が通るみたいだよ。なかなか見られないから見ておいたらいい」

ゲ＝リ先輩が、馬車のはるか後方を指差しながら言った。

確かに言葉通り、遠くで砂塵《さじん》が舞《ま》い上がっているのが見て取れた。

結構な大集団だ。

「ほ、ホントですかっ！　自分、部隊を見るの初めてですっ！」

ピヨコが嬉《うれ》しそうに言った。

「あたし、見たことあるもん」

スシャーナはそう言いながらも、興味津々《しんしん》といった顔で同じ方向を見つめている。

「この道を通るということは、リンダーホーフに行くのかな」

ゲ＝リ先輩が右手をおでこに当ててひさしにしながら言った。

確かにこの道は僕がリンダーホーフ王国から入国してきた時に通った道だ。

「え？　どうしてリンダーホーフ王国に部隊が？」

スシャーナの顔が軽く青ざめた。

リラシスはすべての国に対して中立を保っており、他国に攻《せ》め入るはずがないからだ。

「そう短絡《たんらく》的に考えなくてもいいよ。派兵は支援《しえん》のことの方が多いくらいなんだ」

言ってから、ああ、1年生らしくないことを言ってしまった、と思ったが、スシャーナは気づいた様子もなく、「考えたら確かにそうね」と笑った。

「でも、どういった理由なのかしら」

「ははーん、わかったぞ」

得意げに腕《うで》を組んだゲ＝リ先輩がすべてを理解した顔になる。

「自分、どういうことかさっぱりわかりませんっ」

ピョコは今にも泣きそうな顔でゲ＝リ先輩を見る。

「聞いて驚《おどろ》け。第二王女様にお相手が見つかったらしい」

ゲ＝リ先輩の言葉に、二人の女子の顔がぱぁぁ、と輝《かがや》いた。

「──ほ、ホントですかっ！」

「素敵《すてき》だわ！　だからお相手を迎《むか》えに？」

「だろうね。ほら、言ったそばから。見なよ」

ゲ＝リ先輩が土煙《つちけむり》の上がる方向を指さした。

「特別高級そうな馬車が後ろについてる。あれに乗ってるのがたぶん王女様だろう」

なるほど、確かにゲ＝リ先輩の言うことは的を射ている。

しかし先輩、王宮に内通してるんかな。そんな情報をどこから……。

「す、すごいですっ！」

「うそー！　あたし、王女様見るの初めて！」

スシャーナとピョコはぴょんぴょんと跳《は》ね、あまりの興奮でトランス状態に入っている。

ああ、こうなると実年齢《じつねんれい》がはっきり出てくるな。僕、王家親族《ロイヤルファミリー》とか、どうでもいいもんな。

「見たいですっ！」

「手を振ってくれないかしら！」

「うん。顔を出してくれるかもしれないよ」

僕は二人の視線を邪魔《じゃま》しないように、彼女《かのじょ》たちの後ろに下がる。

間もなくして、馬車を取り囲んだ武装した一団が大地を揺《ゆ》らしながらやってくる。

彼《かれ》らは気を遣《つか》い、僕たちのそばまで来ると土埃《つちぼこり》が舞わないように馬脚《ばきゃく》をゆっくりにして、静かに抜《ぬ》けた。

「きゃー！　きゃー！」

二人の女子が跳ねながら、これでもかと手を振っている。

たまらず騎士《きし》たちが手を上げてそれに応《こた》える。

「きゃー！　振ってくれた!?　振ってくれたぁ！」

肝心《かんじん》の王女様は幌《ほろ》から顔を出さなかったが、二人は重鎧《じゅうよろい》を着た近衛《このえ》騎士たちに応じてもらい、満足だったようだ。

◆　◆　◆

馬車の中で揺られながら、フィネスは一人で足を揃えて座り、小窓から外の流れ行く風景を眺めていた。

今日という日を心待ちにしていた。

リンダーホーフ王国に行き、想《おも》いを寄せている人を捜《さが》すのである。

王女業務を早朝に詰《つ》め込んで終え、残りは他《ほか》の日にずらして、やっとの思いで空《あ》けた一日半。

明日の夜には戻り、すぐに支度《したく》して来賓《らいひん》を迎えねばならない。

それでもフィネスは嬉しかった。

「……サクヤ様……」

今日は広場に座って、待ってみようと心に決めていた。

お気に入りの服を着て、会えないとわかっていながらも、待つ。

たったそれだけのことで、心が弾《はず》む。

もしかしたら逢《あ》えるかもというだけで、フィネスは幸せだった。

もし本当にお逢いできたらどうしよう。

そう考えたとたん、頬《ほお》は勝手に熱を帯びた。

「サクヤ様、どんなお話がお好きかしら……」

頬に手を当てながら、今日はそれを考えて過ごそうか、と思っていた折、前方で馬が嘶《いなな》いた。

馬車の速度が緩《ゆる》み、大きく減速する。

フィネスは一転して険しい表情になり、愛剣をいつでも抜けるように柄《つか》を握《にぎ》った。

「なにかありましたか」

フィネスは小窓を開け、近くを走っている近衛兵に目を向けた。

その険しい表情を読み取り、近衛兵は敵ではございません、と前置きした。

「姫《ひめ》。商用馬車を追い越《こ》します」

「わかりました」

「向かって左手で、子供が手を振っております」

「私ではなく、重装の近衛にあこがれているのでしょう。土が舞わぬよう、ゆっくり抜けて差し上げてください」

「承知いたしました」

フィネスはスカートの前をつまみながら座り直す。

ふと、そんな子供たちを目にしたくなって、レースのカーテンを閉め、そこから外を眺めた。

このレースは光を乱反射させ、向こうからの視線だけを遮る効果があるのだ。

（あの子たちですね……）

やがてフィネスの目にも、子供たちの姿が捉《とら》えられる。

（……あれは第三学園の……）

クエストの実習だろうか、制服を着た生徒が４人ほど集まっている。

こちらに向かって、ちぎれんばかりに手を振る姿に、フィネスは明るい気持ちになった。

父の善政のおかげだろう。この国は民《たみ》に愛されている。

フィネスは見えないとわかっていながらも、カーテンの奥《おく》から手を振った。

一人、また一人と目を向けながら。

そのときだった。

フィネスの目は、最後の一人に釘付《くぎづ》けになった。

黒い髪をした少年。

「…………」

まるで、あの人のような黒髪《くろかみ》だった。

いや、髪だけではない、その顔に浮《う》かんでいる、穏《おだ》やかな笑《え》み。

「……サクヤ……様……？」

重なっていた。

フィネスが愛してやまない、あの人に。

「うそ……！」

フィネスは身体《からだ》を屈《かが》めたまま立ち上がり、窓に顔を寄せ、通り過ぎたばかりのその人を食い入るように見る。

「――ヤァァ！」

だがその時、御者が声を張り上げて馬を叱咤《しった》した。

馬車は再び速度を上げ、子供たちから離れていく。

「待っ――」

フィネスは声を上げかける。

しかし、半ばで口をつぐんだ。

「…………」

はたと冷静になったフィネスは、今の今まで自分を支配していた考えを破棄《はき》した。

「……ありえないわ……」

フィネスは自分に言い聞かせるようにつぶやくと、再び座り直した。

髪に手ぐしを通しながら、取り乱した気持ちを抑《おさ》える。

「あんな小さい子に何を……」

フィネスは自分が恥《は》ずかしくなった。

黒髪で、纏《まと》う空気が似ていたというだけなのに。

「はぁ……」

フィネスはレースのカーテンを開け、流れ行く木々に目を向け直す。

誰かが言っていた。恋《こい》をすると、物事を冷静に見られなくなる、と。

王女たる身なのに、自分はそれを地で行っている気がする。

「……でも、仕方ないですよね」

だってもう、こんなに好きなのですから。

フィネスは人知れずくすり、と笑うと、窓の外を眺め、さっきまでのようにこれからの幸せな時間に思いを馳《は》せることにした。

◆　◆　◆

薬草農家へは徒歩と比べて1時間近く短縮して到着《とうちゃく》することが出来た。

届いた新鮮な肉や穀物類を見た農家の人はすごく喜んでくれて、採れたての芋《いも》をふかしてくれたので塩バターで頂いた。

また来たいなと思ったくらいだ。

「……帰りは寝《ね》てていいかな。昨晩、根《こん》を詰めて卒論をやったせいで疲《つか》れてしまってね。着いたら起こしてもらえると助かる」

僕たちと同じように満腹になったらしいゲ＝リ先輩は、片側の席でごろりと横になった。

仕方なく、僕たちは3人でギュウギュウ詰《づ》めになりながら、もう一方の席に座る。

一人が眠《ねむ》るとみんな眠たくなるのが道理らしく、馬車の適度な揺れも手伝って、やがて僕の両隣《どなり》でも寝息が聞こえ始める。

スシャーナは僕の肩《かた》によりかかり、ピョコは僕の膝の上を侵食《しんしょく》し、なぜか僕の股間《こかん》付近を潰《つぶ》すようにしながら眠っている。

やめれ。そこになんの怨恨《えんこん》だ。

やれやれと思いながら窓の外を見る。

「……ん？」

そこで僕の【第六感】が、違和感を告げた。

◆　◆　◆

「きたぞ」

「あの黒い馬車でやんすね」

「おお。間違《まちが》いねぇ」

普段《ふだん》は野鳥が集まる森の中に、男たち10人ほどが息を殺して身を潜《ひそ》めていた。

彼らの手には古びた斧《おの》や剣《けん》、弓などが握られている。

山賊《さんぞく》と呼ばれる存在であった。

彼らは今日、王都マンマの街に向かう宝石護送車がこの街道《かいどう》を通るという事前情報を、大金をはたいて買っていた。

情報通り、黒塗《くろぬ》りで、一見、人を乗せているだけのように偽装《ぎそう》した馬車。

それが今、目の前を通っている。

「今だ！　いくぞおぉぉ！」

「おおぉ！」

山賊の頭《かしら》の掛《か》け声と共に、矢と炎《ほのお》の魔法が一斉《いっせい》に馬車に降り注ぐ。

――しかし。

「な、なんですか、あんたたちは？」

御者の男は少々戸惑《とまど》いながらも、ふつうに話しかけてきていた。

すぐに馬が嘶き、馬車が停められる。

御者はそもそも、戦闘《せんとう》が始まっていたことにすら気づいていないのであった。

そう、矢や魔法が、馬車まで届いていないのである。

「くそ、なにやってんだ！　おめぇらちゃんと射やがれ！」

苛《いら》ついた山賊の頭が仲間に罵声《ばせい》を浴びせる。

「か、頭……あれを……」

山賊の一人が棒立ちして、馬車の上を指差す。

「お、おい……」

「なんだあれ……」

そこで山賊の仲間たちも気づく。

なんとそこには、黒い靄《もや》のようなものが厚くなり、壁《かべ》を形成していたのだ。

それが飛来してくる矢や魔法をひとつ残らず退けていた。

それは『漆黒の異端教会《ブラック・クルセイダーズ》』の回復職《ヒーラー》が行使する【幽々《ゆうゆう》たる結界】であったが、彼らの誰一人としてそんな知識はなかった。

「……ど、どうなってやがる」

山賊の頭が呻《うめ》いた。

そうしている間に、馬車の中から数人の子供が現れた。

子供たちは驚いたように、山賊たちを見ている。

不意打ちが失敗したことを、山賊たちは認めざるを得なくなった。

◆
◆
◆

「山賊だわ！」

馬車から最初に降りたスシャーナが、叫《さけ》んで懐《ふところ》から杖《つえ》を取り出した。

僕はそれに続き、わぁ、と驚いてみせた。

「山賊？　何を言ってるんだ馬鹿《ばか》馬鹿しい……そんな馬鹿なことを言う奴《やつ》が馬鹿うぁマジだ！」

遅《おく》れて降りてきたゲ＝リ先輩が、ぎょっとした。

「嘘だ……嘘だ嘘だ……！」

「どうしましょう、ゲさん⁉　自分たち、リーダーに従いますっ！」

ピョコ……その呼び方も、それはそれでどうかと思う。

「と、とと、とりあえずここは俺《おれ》とサクヤくんが残る。女の子二人は逃《に》げるんだ！　学園に助けを呼びに行け！」

それでもさすがは4年生。

ゲ＝リ先輩は噛《か》みながらも、指示を飛ばす。

お？　降って湧《わ》いたこの状況《じょうきょう》、なんだか理想的だぞ。

僕はゲ＝リ先輩の背後で暗躍《あんやく》して、山賊相手にチカラモチャーできるじゃないか。

「そうだ。あたし『帰還水晶《きかんすいしょう》』持ってる！」

スシャーナがそれを取り出すと、ゲ＝リ先輩の顔がぱっと輝いた。

『帰還水晶』とは、事前に登録しておいた場所へ一瞬《いっしゅん》で帰還できる高級アイテムだ。

発動に少々時間がかかるが、退避《たいひ》アイテムとして最も優《すぐ》れていることに異を唱える者はいないだろう。

ただ、高価だ。1回帰還すると水晶は消え去り、購入《こうにゅう》代金の金貨5枚が吹《ふ》き飛ぶ。

まぁ、命には代えられないんだけど。

「ナイスだ！　頼むぞスシャーナちゃん」

「あっ……や、やっぱり、自分も残りますっ！」

ピヨコが慌てたようにそんなことを言った。

きっとピヨコはそんな高級アイテムは持っていないのだろう。

もちろん僕もない。

「大丈夫《だいじょうぶ》。あたし2つ持ってるから行こ！」

「ええ⁉　……で、でもそんな高価なものを」

ピヨコがあまりのことに挙動不審《きょどうふしん》になる。

「友達《ともだち》の命より大切なものなんてないわ！」

「す、スシャーナさん……」

ピヨコのまん丸の目に、またじわりと涙《なみだ》の粒《つぶ》が湧き上がった。

スシャーナ、僕も見直したぞ。

そしてスシャーナが僕を見て、言いづらそうに口を開いた。

「ごめん……サクヤくんの分はないの」

「大丈夫。先輩が守ってくれる。早く行って」

「でも」

「心配無用だ。俺はこれでも【伍長】だぞ」

ゲ＝リ先輩が七三に分けた髪の乱れを直しながら、磨《みが》き抜かれたスマイルを見せる。

「うん、僕にはゲ＝リ先輩がついてるから。早く行って！」

スシャーナとピョコの不安げな声を尻目《しりめ》に、僕は精一杯《せいいっぱい》強がってみせた。

「……わ、わかった！」

「し、死なないでください……！」

ピョコとスシャーナが帰還水晶を発動させる。

15秒ほどで水晶が輝き、二人の姿が掻き消えた。

「……さて、どうします」

僕はゲ＝リ先輩に訊ねる。

「どうするもこうするもない。御者の人を守るだけだ。この身が果てようとも戦う」

「げ、ゲ＝リ先輩……」

僕の目が見開かれた。

僕はこの人を誤解していたのかもしれない。

なんてカッコいいことを言うんだ。

もしかしたらこの人、なにか力を……。

「こういう時に体を張ってこそ男ってもんだろ？　サクヤくん」

「か、感動しました……」

僕はこういう人を求めていたんだ……。

とりあえずフロントで戦ってくれる人を！

この人がフロントで活躍《かつやく》してくれれば、僕も全力でチカラモチャーできる。

「ハハ、そういうことは生き残ってから言ってくれよ」

ゲ＝リ先輩が山賊たちに向き直る。

その表情が、一気に引き締《し》まった。

「――いくぞサクヤくん！　伍長ゲ＝リ、全力で参る！」

「はいっ！」

ゲ＝リ先輩に続いて駆《か》け出したその時、大きな斧を担《かつ》いだ山賊の一人が顔をこちらに向けた。

「――ガキに用はねぇ！　さっさと逃げちまえ！」

その山賊は、やってきた僕たちの目の前にドゴン、と斧を打ち下ろした。

なんてことはない、ただ脅《おど》かすだけの一撃《いちげき》だ。

しかし。

「あひぃ」

ゲ＝リ先輩が白眼を剥《む》いて倒《たお》れた。

やや遅れて、そのズボンが濡《ぬ》れていく。

「ちょ⁉　ゲ＝リ先輩！」

いや、まだ何もしてないじゃん！

くそ、まさかこの僕が出し抜かれるとは！

◆　◆　◆

山賊の数人が馬車に乗り込み、中を物色しだす。

「お頭、宝石がありませんぜ！」

「心配するな。こいつが持ってやがるんだよ」

頭領の男が、ニヤニヤしながら御者の男に詰め寄る。

「てめぇ、宝石を出せ！」

「……あぶ……」

武器を片手に脅されて、御者が泡《あわ》を吹いて気絶する。

「全くめんどくせぇ。……おい、こいつの懐を調べろ」

舌打ちした頭領の男が声を張り上げた時。

「――こっちです」

山賊たちが振り返る。

いつの間にか彼らの背後に、一人の少年が立っていた。

「あ？　オメェさっき……」

斧を持った山賊が、あれ、という顔をした。

「ガキが出てくるんじゃねぇ！　逃げねぇとぶっ殺すぞ！」

他の山賊たちが凄《すご》むが、少年はどこ吹く風で笑っている。

「宝石は僕が持ってますよ」

「なにぃ……」

その言葉に山賊たちが顔を見合わせる。

「おい、サスマ、このガキを脅かしてやれ！」

頭領の男が山賊の一人に命じると、サスマという名の男は頷《うなず》いて少年に飛びかかった。

しかし、すぐに膝から崩《くず》れ落ちる。

「――無駄《むだ》が多い」

サスマはうめき声を上げて倒れ込む。

「な、なんだこのガキ……！　おい、まとめてかかれ！」

頭領の男が目を白黒させながら、配下の山賊に指示する。

「……ふざけやがって！　おい」

「おう！　ガキがいきがるんじゃねぇ！」

3人の山賊が少年に飛びかかる。

背丈《せたけ》は熊《くま》ほどもあろうかという山賊である。

だが少年は全く臆《おく》することなく、右手をゆらりと突《つ》き出した。

「――【闇《やみ》の掌打《しょうだ》】」

次の瞬間、黒い光が少年の手のひらで弾《はじ》けた。

「ほばぁ！」

3人の山賊が吹き飛び、宙を舞うと、まもなくしてどさどさ、と背中から地に落ちた。

【闇の掌打】は魔力による衝撃波《しょうげきは》を与えて、相手を吹き飛ばす魔法である。

詠唱者《えいしょうしゃ》に接近した敵すべてに効果を発揮し、近接状態を解除、さらに魔力に相応《そうおう》したダメージを与える。

「……うぇぇ⁉」

残る山賊たちが、言葉を失って後ずさる。

「な、なにもんだこのガキ……」

「まだやります？　支援が来ましたけど」

少年が彼らの背後を指差す。

そこには土埃を巻き上げながら、学園の者と思われる一団が馬に乗ってやって来ていた。

「――くそっ、撤収《てっしゅう》！　撤収だ！」

頭領がそう叫ぶと、山賊たちは意識を失った仲間を抱《かか》え、その場から四散していった。

◆　◆　◆

「大丈夫だったかサクヤ！」

土埃を立てて、馬を走らせてきたのは、ゴクドゥー先生だった。

その後ろには王都衛兵たちが30人以上続いている。

逃げたはずのスシャーナやピヨコの姿もあった。

どうやら二人が知らせてくれたみたいだ。

「サクヤくん！　無事でよかった」

「サクヤさん、自分、すごく心配しましたっ！」

僕に気づいたスシャーナとピヨコが笑顔で駆け寄ってくる。

「ゲ＝リ先輩が追っ払《ぱら》ってくれました！」

僕は半ば目を潤ませて言った。

僕は手柄《てがら》をゲ＝リ先輩に押《お》し付けるつもりだった。

こんな山賊討伐《とうばつ》程度の手柄など、むしろ害だと考えている。

僕のようなプロは、こういう軽めのイベントは『その他大勢』化に使う。

そうしておけば、大事な場面で誰も僕に注目しない。

すんなりと縁《えん》の下に入ることができるのだ。

「お前ら……おつかいクエストを馬車で行ったらなんの意味もねーだろが！」

ゴクドゥー先生が額に青筋を立てている。

いや、思いました。思いましたとも。

「しかし、いつも魔物に遭《あ》ったら真っ先に卒倒《そっとう》するゲ＝リが、山賊相手に新入生を守ってみせるとはな……」

いや、そんな真っ先に卒倒する人を保護者にしないでください。

「あいつ、今日は漏らさなかったか？」

ゴクドゥー先生が訊ねてくる。

僕は一抹《いちまつ》の不安を感じ、訊ね返した。

「先生、ゲ＝リ先輩って、スカラークラスでしたよね」

ゴクドゥー先生が笑って僕の肩を叩《たた》いた。

「なに寝ぼけたこと言ってんだ。あいつは入学した時から今までずっと漏らし屋《イエロー》だぞ」

「…………」

僕の後ろに居たスシャーナとピョコが、硬直《こうちょく》した気配を感じ取った。

聞こえてしまったようだ。

ゲ＝リ先輩、後輩を前に強がってたのか。

必死こいて知識をひけらかしていたのは、そういうことか。

「で、ゲ＝リはどこにいる？」

僕は馬車を指さした。

「疲れたそうで中で休まれています。起こすなと言われました」

ちなみに漏らしてはいなかった気がします、と僕は最後の力で先輩への敬意を表した。

◆　◆　◆

「そうか、君がサクヤなのだな」

「……はい？」

一件落着かと思った矢先のこと。振り返ると、すぐそばにブロンドの髪の人が立っていた。

入学のオリエンテーションの時に壇上《だんじょう》にいた人だ。

そう、学園のアイドル、フユナ先輩。この人も来ていたのか。

「はじめまして、だな。私はフユナだ」

「あ、はじめまして。サクヤです」

「君だろう。先日、トロルの森に一人で入っていったのは。あそこから生還《せいかん》するとは只者《ただもの》じゃないな」

「違《ちが》いますけど」

僕はなにか嫌《いや》な予感がしてとっさに否定した。

ああ、やっと思い出した。この人だ、あの時に僕を引き止めた白い人。

「…………」

フユナ先輩がじろり、と僕を見た。

「今回の件もゲ＝リ先輩ではなく君がなんとかしたのだろう？」

「アッハッハ。やだな先輩。どうしてそう思うんですか」

笑い飛ばそうとした僕を、フユナ先輩が真顔で問いただす。

「ゲ＝リ先輩は戦いになるとすぐに気絶する。山賊を追い返せるはずがない」

あ、正しい。

「君が戦ったのだろう？」

「……いや、そんなことは」

「今、返事に間を置いたな」

「…………」

僕はどうしようもなく目を逸《そ》らした。

だめだ、詰んでいる。

そもそも無理があった。すべてはゲ＝リ先輩の不甲斐《ふがい》なさのせいである。

あんな、なにもしていないのにぶっ倒れて白眼を剝くとか予想できるはずもない。

せめて少しでも戦ってくれれば、もう少しまともな嘘をつけたのに！

「最初に話を聞いた時は慌てたが、サクヤという少年がいると聞いて、なんとかしてくれるんじゃないかと期待していた。そして君は見事にその期待に応えた」

フユナ先輩が嬉しそうに笑った。

「続きはWebで！」

にこやかに足を踏《ふ》み出した僕だったが、すぐに腕を掴《つか》まれた。

「サクヤ。学園に戻って、私と手合わせしろ」

「なぜですか」

「私が『連合学園祭』に向けてパートナーを探していると言ったろう」

ああ、それか。

3学園で騎馬戦《きばせん》みたいなものをする、学園恒例《こうれい》の行事だ。

内心、面白そうだとは思っていた。

そのパートナーということは『縁の下のチカラモチャー』をするチャンスかもしれない。

フユナ先輩は昨年、2年生ながらもリーダーを務めたというから実力は折り紙付きだろう。

これほどの実力者の陰《かげ》で暗躍とか、ゲ＝リ先輩の裏方とは訳が違うレベルだ。

「ほう。いいでしょう」

今回の件でストレスが溜《た》まっていた僕は、一も二もなく応じた。

なんかウズウズしてきたぞ。

◆　◆　◆

「ここだ」

僕は学園の体育館に連れられていった。

体育館には外から直接入ることもでき、僕らはそこから中に入った。

「僕と二人きりですね」

中には誰もいなかった。

ひんやりとした空気に満たされていて、ヒノキの木の香《かお》りが充満《じゅうまん》している。

「遠慮《えんりょ》せず入ってくれ」

フユナ先輩がスカートの前が乱れないようにしながらローファーを脱《ぬ》ぎ、内履《うちば》きに替《か》えている。

「いいんですか」

僕はズボンのベルトに手をかけた。

「何回目だ」

「初めてです。よろしくおねがいしま――あびゅぅ⁉」

ローファーで殴《なぐ》られた。

「……お、お前はさっきからいったいなんの話をしている！」

フユナ先輩が顔を真っ赤にしている。

「はにゃー？」

「体育館に入ったのは何回目だと訊いたのだ！」

そんなフユナ先輩の声が、閉じられた広い世界に響《ひび》き渡《わた》っている。

二人だけの、ひっそりとした世界。

「よし、じゃあこれを持って構えてみせろ」

フユナ先輩が木刀を投げて寄越《よこ》した。

僕はそれを受け取り、正眼に構える。

「ほう」

同じように構えたフユナ先輩が、僕を見て感嘆《かんたん》の声を漏らした。

「洗練されている。お前、相当できるな」

「見た目には自信があります」

「……こんなに楽しみなのは久しぶりだ。さぁ、さっそく山賊を追い返したお前の実力を見てみよう。好きにかかってくるがいい」

「困ったな」

もちろんこちらも、向き合っただけで感じ取っている。

フユナ先輩は、稀《まれ》に見る腕前《うでまえ》だ。

ぱっと見ただけでも、勇者パーティ選抜《せんばつ》で、二次審査《しんさ》に残りそうなくらいの実力がある。

素人《しろうと》から見たら、打ちかかる隙《すき》など見つからないに違いない。

少なくとも先輩は、日々の修練を欠かさず行っている。

それも、相当に念入りに。

「どれ、来ないなら上級生から指導させてもらおう」

「……！」

フユナ先輩が一気に間合いを詰めてくる。

速さも悪くない。

「やぁっ！」

左からと見せ、視線と肩の動きだけの軽いフェイントを挟んだ後に、右の脚の付け根を狙《ねら》った突き。

「あぐっ」

僕は突かれた脚の付け根を押さえて、うずくまった。

加減されているんだろうけど、どれほどのダメージになるのか興味津々だった。

痛みはそれなりだったのに、見るとＨＰは２しか減っていなかった。

【自然回復力】ですぐにＨＰが満タンになる。

（こんなもんなんだ）

昔なら悶絶《もんぜつ》ものの一撃だったのになぁ。

魔王を倒してから強くなるとか、なんだか皮肉だな。

◆　◆　◆

木刀がぶつかり合う音が、体育館に響く。

しかし音が止まって、倒れる側はいつも同じ。

期待に満ち満ちていたフユナ先輩の表情が曇り出すまで、数分もかからなかった。

「……サクヤ、これがお前の本気の剣か」

フユナ先輩が、床《ゆか》でうずくまり続ける僕の頭上で告げた。

話しているその呼吸は、全く乱れていない。

「……こ、これが……本気……だとでも……」

倒された僕は、呻くようにしながらフユナ先輩を見上げる。

僕が弱いふりをしているのは、あまりフユナ先輩に高く評価されても困るからだ。

評価されてしまうと、自分がフロントで活躍しなければならなくなり、誰かの縁の下の力持ちにはなれない。

それはチカラモチャーの僕としては、断じて困るのだ。

「私も素人ではない。強がっても無駄だ」

脚《あし》を開いて仁王立《におうだ》ちし、木刀を突きつけるフユナ先輩。

「正直、剣の筋は悪くない。軌道《きどう》も打ち込みも申し分ない。打たれ強さも好ましい。だが、お前の剣には致命《ちめい》的な欠点がある」

「ち、致命的な、欠点……？」

「お前の剣は希薄《きはく》なのだ。気合いや覇気《はき》が乗っていないから、相手に恐怖心《きょうふしん》も与えられない」

「………………」

悔《くや》しくてなにか言い返すと思っていたのかもしれない。

でも僕がなにも言わなかったので、しばしそのまま、無言の時間が過ぎた。

「……残念だ。こんな『存在感のない剣《バックグラウンドソード》』を振るうとは」

フユナ先輩が木刀を下ろしながら、ポツリと言う。

「期待に応えられず、残念です」

僕は言いながら立ち上がった。

「私は手合いの相手を必ずひとつは褒《ほ》めることにしているのだが」

「おお、それは？」

期待の眼差《まなざ》しで見る僕に気づいて、ため息をついたフユナ先輩は、ブロンドの髪を直しながら口を開いた。

「お前の剣には、無駄な派手さもないことだ」

「派手さ？」

「男の、特に若者の剣というのは、ごみごみしている。格好《かっこう》や見栄《みば》えを追求して派手になり、覇気以外に殺気も必要以上に多くなる。それで相手を威圧《いあつ》するつもりなのだろうが、我《わ》が師はその重さこそが力みの原因であり、狙うべき弱点と説く」

言いながらフユナ先輩は、僕に横顔を見せるようにして、自身の手にある木刀を眺めた。

「今まで私に挑《いど》み、打ち合ってきたこの学園の男子生徒たちも、派手さや力強さを披露《ひろう》する者ばかりで辟易《へきえき》していたところだ。……だが」

フユナ先輩が左手で頬にかかる髪を耳にかけると、こちらをじっと見る。

「そういう意味では、お前は驚きをくれた。お前の剣はなぜか派手さも存在しない。必要な覇気や殺気すらもないから、結果、ひどく希薄な『存在感のない剣《バックグラウンドソード》』になってしまっているのだがな」

「……長所は評価してもらえると？」

フユナ先輩は首を横に振った。

「だがそれは、結論を変えるには至らない。お前の剣を見れば10人のうち9人が『退屈《たいくつ》な、魅力《みりょく》のない剣』と評し、掃《は》き捨てることだろう。悪いが私もその一人だ」

「……そうですか」

『存在感のない剣《バックグラウンドソード》』というのは、僕にとってはこの上ない褒め言葉なんだけど。

「正直、お前をパートナーに迎えられるかもと期待していた……だが、これではあいつらには……」

フユナ先輩が、視線を足元に落とした。

その唇《くちびる》は、小さく震《ふる》えている。

「あいつら？」

「………………」

僕の問いかけには答えず、フユナ先輩は終わりとばかりに木刀の中央を持ち直し、くるりと背を向けた。

「失望したよ。お前には悪いが、代わりを探さねば。それか、今年もジョリィにお願いするか」

「……えっ……？」

想定外の流れに、僕は言葉を失う。

「代わりを探すと言ったのだ。もう少し覇気や殺気を身につけて出直してほしい。手合いはいつでも歓迎《かんげい》しよう」

「…………」

フユナ先輩の背後で、僕の目がぎらりと光った。

（ふむ）

学生最上位のレベルはこれくらいかと思ったが、少々低評価が過ぎたということか。

実は僕も息が切れていないとか、回復が早いとか、強力な魔法耐性《たいせい》とかは嘘がつけないなと思っていたが、そのあたりが評価されずじまいだったのが読み違いの理由だろう。

だが、このままではフユナ先輩のパートナー失格になる。

（冗談《じょうだん》じゃない）

実力のない人と組まされたりなんかしたら、せっかくの面白い話が台無しだ。

もしかしたら参加できないっていうオチだってある。

「…………」

音もなく木刀を置いた僕は、ゆらりとフユナ先輩の背中と向き合う。

（第一志望は譲《ゆず》れない）

こんな面白い機会、絶対に逃《のが》してなるものか。

チカラモチャーとしては、フユナ先輩の背後で暗躍してこそ、最高の舞台《ぶたい》になるのだ。

「それではな。また縁があったら——」

フユナ先輩が振り返りもせずに、歩き出す。

「………………」

「……ん？」

異様な気配に気づいたのだろう、フユナ先輩が足を止め、振り返った。

刹那《せつな》、僕は今まで抑えていた力を解放し、フユナ先輩の前を一瞬で駆け抜けた。

赤いチェックのスカートがめくられて、その中身をさらけ出す。

よし、最善の白。

「——きゃあぁっ⁉」

一瞬遅れて、フユナ先輩が、両手でスカートを押さえるのが視界の隅《すみ》に映る。

「……」

しばし、シーン、と静まり返る体育館内。

「……えっ……？」

やがて、先輩の手からカラン、と木刀が落ちる音があたりに響いた。

「み、見えなかった……この私が……？」

背後から聞こえてくる、フユナ先輩の震えた声。

僕はというと、右腕を上げてスカートを捲《めく》った姿勢のまま、悠然《ゆうぜん》と彼女に背を向けている。

真摯《しんし》な表情でゆっくりと振り返ると、フユナ先輩が猛烈《もうれつ》な勢いで駆け寄ってきた。

「——お、おい、何だ今のは⁉」

先輩は青ざめたまま、僕の両肩《りょうかた》を痛いほどに掴んだ。

「……へ？　今ボクがなにか？」

僕はそのまま記憶喪失《きおくそうしつ》状態に移行した。

第9話　パートナー宣言

「──先生！」

呼ばれて振《ふ》り向いたゴクドゥーが目にしたのは、顔を上気させ、息を切らして駆《か》けてくる金髪《きんぱつ》の少女だった。

第三国防学園最強と名高い剣《けん》使い、3年生のフユナである。

「聞いたぞ。昨日早速《さっそく》、手合わせしたらしいじゃないか」

ゴクドゥーが笑《え》みを浮《う》かべながら訊《たず》ねた。

「か、彼《かれ》は！」

ゴクドゥーの前で立ち止まり、フユナが弾《はず》んだ息を整える。

「……サクヤは、とんでもない腕前《うでまえ》かもしれません」

フユナのうわずった声に、ゴクドゥーがニヤリと笑った。

「あぁ、あいつの実力を垣間見《かいまみ》たか」

「はい！　未熟なところはありますが……」

「なんだ、もう惚《ほ》れたってか」

「ば、馬鹿《ばか》なことを言うな！　どうしてあんなのに……」

フユナが顔を真っ赤にして怒鳴《どな》ったところで、はっとする。

教師に向かって、いつもの話し方をしてしまったのである。

「……す、すみません……」

「いいって。……ところで、お前はわざわざその感激を伝えにここに来たのか」

「いいえ、早めに学園から私たちの『パートナー宣言』を出してもらいたいと」

フユナは堂々と言ったが、ゴクドゥーはあからさまに顔をしかめた。

『パートナー宣言』とは、半年後に行われる『連合学園祭』に向けて「この二人で参加するので個別に練習します」と宣言することを意味している。

たいてい学園祭の1ヶ月前を目処《めど》に宣言され、各自で練習を開始、当学園で上位5組が『連合学園祭』に参加するという仕組みである。

本来、第三国防学園は学生に対して寮《りょう》生活を強制し、私生活の乱れがないよう、監視《かんし》している。

しかしこの宣言をした二人に対しては、異性同士であっても二人での行動を一切咎《いっさいとが》められなくなってしまう。

『連合学園祭』の勝利を、学園が重要視しているためである。

そのように法を無法化する『パートナー宣言』ゆえ、学生たちの私生活が乱れる可能性がある。

実際に淫《みだ》らな行為《こうい》を目的に宣言を悪用した例も過去にあったため、1ヶ月以上前に宣言されることや、上級生から1年生への宣言は慣習的に避《さ》けられる傾向《けいこう》にあった。

「前例がない。委員会にかけてからになるぞ。場合によってはお前のプレゼンも必要になる」

「なんでもやります！　サクヤと組めるなら」

喜ぶフユナの顔は、なぜか頬《ほお》が赤く染まっていた。

◆ ◆ ◆

「はい、今日はここまで」

チャイムが鳴り響《ひび》き、今日も授業が終わった。

「よし」

今日も雑魚《ざこ》を演じきったぞ。

入学して2ヶ月が経《た》った現在、僕《ぼく》を特別な目で見ているのは、生徒ではフユナ先輩《せんぱい》だけだ。

最近は授業でヘマをすることもなく、クラスではほぼ完璧《かんぺき》に『その他大勢』として模範《もはん》的な行動ができている。

それが功を奏し、初日の〈魔法の光灯《コンティニュアスライト》〉の魔法《まほう》も、完璧にまぐれで定着していた。

「きりーつ、礼。ありがとうございました」

帰りのホームルームが終わると、一番に席から離《はな》れる。

僕はいつも早々に教室から出ていくタイプだ。

「ちょっと待てよ、おい」

しかし申し合わせたように、同じクラスの男子3人が僕のそばにやって来て、出口までの道を塞《ふさ》いだ。

「……は？」

僕は今気づいたように応じる。

3人とは、ポエロとその連れ二人だ。

「おい、今まで何かの間違《まちが》いだと思ってたけど、1ヶ月も続くとさすがにおかしいよな」

ポエロが僕の顔を指差して不満げに語り始める。

「何の話？」

「なんでお前みたいな奴《やつ》がフユナ先輩と毎日会ってるんだってことだよ！」

「ああ、それね」

「俺《おれ》だって『また努力してこい』と言われたんだぞ！　なのになんでお前が毎日呼ばれてるんだよ！　どうしてフユナ先輩、俺のことを待ってくれないんだよ……！」

いや、泣くな。そして、それは僕に訊《き》くな。

「アハハ。ちょっと、男の嫉妬《しっと》は醜《みにく》いわね！」

僕が肩《かた》をすくめたところで、横から高笑いする女子の声。

スシャーナだった。

敵の敵は味方ってやつか。

「嫉妬して絡《から》んでる暇《ひま》があるなら、もっとマシな男になる努力をなさいよ。ホント小さい男ね」

スシャーナが、これ見よがしにため息をつく。

「なんだと」

「……あ、あたしから見ても、サクヤくんの方がよっぽど素敵《すてき》なんだから！　……アレだけど」

そう言って僕を見たスシャーナは、なぜか頬をうっすらと赤く染めていた。

アレだけどって、どれだけど？　あ、もしかして称号《しょうごう》？

「テメーがまるで女みたいなことを言うな！」

「なによ、やるの！」

ポエロとスシャーナが噛《か》みつかんばかりに吼《ほ》えた時。

「――サクヤはいるか」

快活な声とともに、ふいに教室の扉《とびら》が開いた。

あ、先生かな、と思いきや、違った。

なんとそこには、まさに今話題のフユナ先輩がいた。

「サクヤ！　ついにやったぞ」

赤いチェックのスカートをひらひらと揺《ゆ》らし、満面の笑みで教室に進入してくる。

ジャケットを脱《ぬ》ぎ、白い半袖《はんそで》の先から晒《さら》されるもちもちの二の腕《うで》も眩《まぶ》しい。

「きゃー！　フユナ先輩だ！」

「近くで見ると、やっぱスゲー美人……」

「どうして？　どうしてここに⁉」

男子だけではなく、女子からもピンクの声が上がる。

学園最強とあらば、そりゃ女子からもモテるだろうな。

「あぁ、サクヤに用があってな。キミたち、ちょっとどいてくれないか」

「あ、ハイ」

脇《わき》に退《よ》ける格好《かっこう》になったポエロたちは、引き攣《つ》った笑みを浮かべている。

「そこのキミ、少々失礼する」

「あっ……」

そばかすスシャーナの小さな悲鳴。

フユナ先輩がちょうど、スシャーナと僕の間に割り込《こ》むようにして立ったからだ。

ふわり、といつもの柑橘《かんきつ》のような香《かお》りが鼻をくすぐった。

「サクヤ、私たちに『パートナー宣言』の許可がおりた。今日から正式にパートナーだ」

そう言い切ったフユナ先輩は、今まで見たことのないような、満面の笑みを浮かべていた。

「……へ？」

突然《とつぜん》の宣告に、僕のリアクションよりも先に周りで悲鳴が上がった。

「――えぇぇぇ⁉」

「サクヤくんとフユナ先輩が、パパパ、パートナー⁉」

「え？　だってこいつ、ただのまぐれヤローじゃ……」

「私はそうは思っていない。私のパートナーはサクヤしかいない」

そう言って、フユナ先輩が僕の左手を握《にぎ》って持ち上げてみせた。

いや、ちょっと待って。やってることがまるでお付き合い宣言じゃ……。

「ま、待って、おかしいですよ先輩！」

スシャーナが僕とフユナ先輩の繋《つな》いだ手を掴《つか》み、引きちぎる。

「新入生とはパートナー宣言ができないはずです。それに上級生がこうやって下級生の教室に来るのって校則違反《いはん》じゃ……」

しかしフユナ先輩は動じない。

「私は4万字のレポートを書いた上に、サクヤとのパートナーシップがいかに重要かを委員会でプレゼンしたよ。審査《しんさ》を経て、その承諾《しょうだく》を得るのに丸1ヶ月もかかってしまったが」

「えっ……し、審査？」

スシャーナが目を見開く。

「そう、学園の委員会の審査だ。幸い、本日付で学園は私たちのパートナー形成に賛成してくれた。学園が私たち二人の関係を認めたということだ」

「……え……」

スシャーナが言葉を失った。

「パートナー宣言は校則を上回る効力があるから、ここに来てもなんら問題はない」

僕の隣《となり》で、大きな胸を張ってみせる金髪の乙女《おとめ》。

「そ、そんな……」

スシャーナがじわりと目を潤《うる》ませた。

僕は視線を目の前のブロンドの髪の人に移す。

「僕、今初めてソレ聞いてるんですけど」

「当たり前だ。今初めて話してるからな」

そんな大事件に発展していたんですか。

パートナーになりたいとは思っていたけれど……。

「でもパートナー形成って『連合学園祭』の1ヶ月前くらいからじゃないんですか」

「お前の育成のために一日でも早くと願い出た結果だ。他の皆《みな》は予定通り1ヶ月前からになる」

「マジでございますか」

「という訳だ。今まで以上に仲良くしてもらおうか、サクヤ」

なんかその言い方、不良に絡まれたみたいで背筋が冷えるんですが。

「みんな期待していてくれ。今年の『連合学園祭』は絶対に1位になってみせるからな」

フユナ先輩がぐっとガッツポーズをすると、わぁぁ、と歓声《かんせい》が上がった。

その歓声に応《こた》えて、フユナ先輩が「じゃあ行こう」とまた手を繋いで僕を引っ張っていく。

「いや、行こうって、どこへ」

「体育館だ。今日からさっそくみっちり叩《たた》き込む」

うは、ホントに?

◆　◆　◆

「……し、四六時中⁉　そんなルールでしたっけ」

「そう。パートナーになればお咎め無しなのだ」

「へぶっ」

沈《しず》みゆく夕日をバックに、フユナ先輩のかつてない一撃《いちげき》で僕も沈む。

しかし、パートナー同士になると、ずっと一緒《いっしょ》にいてもいいとは……。

「そ……そんな馬鹿な……」

そんなことが許されていいのか。

それなら夜中にあんなことやこんなこともできちゃうじゃないか。

清廉《せいれん》なるこの学園内で！

にやり。

「今、いやらしいことを考えたな」

「――なんでわか――ぶぇ⁉」

顔を上げた僕に、木刀が容赦《ようしゃ》なく振り下ろされた。

そうやって3日間、授業が終わった後に鍛錬《たんれん》が続いた。

学園内には魔法の灯《あか》りが随所《ずいしょ》に焚《た》かれて、夜も不自由なく見渡《みわた》すことができるのがウラメシイ。

「あと4ヶ月間、毎日ずっとこのペースでやるんですか」

「そうしたいところだが、私はいつも学園にいるとは限らない」

聞けばフユナ先輩は日を跨《また》いでのクエスト攻略《こうりやく》やダンジョン実習があって、不在にすることも多いとか。

3年生はスキルポイント稼《かせ》ぎが主体になるので、座学は減って実技ばかりになるのだそうだ。

「――やぁぁ！」

フユナ先輩が右の脇腹《わきばら》に打ち込んでくる。

これは少々速いので、躱《かわ》せずに身に受け、悶絶《もんぜつ》する。

「しかし気のせいかな。お前と打ち合っていると私も調子が良いような……」

「フッ」

「――お前が鼻で笑うな！」

「ぴゅっ!?」

立ち上がりかけたところに追加パンチを受けた僕は、再び地を舐《な》める。

「決めた。明日から朝晩で、私の修行《しゅぎょう》に付き合ってもらう」

はっとして上げた僕の顔が、一気に蒼白《そうはく》になる。

（でも……）

考えずにはいられなかった。

どうしてフユナ先輩はこんな早くからパートナーを探し、『連合学園祭』の勝利を追い求めているんだろう。

まさに、脅迫《きょうはく》と言っていいレベルだ。

（これは……なにかあるな）

その理由に一度も触《ふ》れない点もおかしい。
パートナーには、そこを最初に説明して理解を得ようとするのが普通《ふつう》だろう。
自分からは言いづらいのかもしれない
折を見て、こちらから訊いておくべきかな。

第10話　フユナ先輩《せんぱい》とダンジョンへ！

朝5時前。

「起きろ。起こしに来たぞ」

「……むにゃ？」

あ、なんて柔《やわ》らかいんだろう……。

「なっ!?　どこを触《さわ》ってる、このエロ猿《ざる》！」

――バチィイン！

寝《ね》ぼけたのが運の尽《つ》きだった。

まぁ、それはさておき、朝は体の筋をしっかり伸《の》ばしてから鍛錬《たんれん》に入る。

「それにしても、サクヤはやけに体が柔らかいな」

座《すわ》って、足を伸ばした僕《ぼく》の背中をグイグイと押《お》してくるフユナ先輩。

「これだけが取り柄《え》で」

【柔軟性《じゅうなんせい》】10は伊達《だて》ではない。

柔軟な体は剣《けん》の威力《いりょく》も増してくれるし、なにより反射的な回避《かいひ》に融通《ゆうずう》がきくようになった。

「よし、お前は終わりだ」

次は僕がフユナ先輩を押す番だ。

「押しますよ。オラオラ」

「くっ……」

僕に比べれば、先輩もちょっとばかり及《およ》ばない。

「オラオラオラオラ――！」

「きっ、貴様！　第一関節だけでムニムニするな！」

「――ほぶぅ⁉」

振《ふ》り返りざまの肘《ひじ》打ちが痛烈《つうれつ》だ。

柔軟が終わったところでフユナ先輩が切ってきてくれた林檎《りんご》を食べて、木刀を持つ。

「昨日の続きからだ」

そうやって、朝の7時まで鍛錬が続く。

朝は主に僕が動くにまかせて、フユナ先輩がその問題点を拾う作業になっている。

それが終わると、起きたての生徒たちとともに寮《りょう》の地下にある学生食堂で朝食をとるが、ここも隣《となり》にフユナ先輩がいる。

朝の鍛錬で駄目《だめ》なところを逐一指摘《ちくいちしてき》してくれるのだ。

「よし、朝分はこれで終わる」

フユナ先輩は何度も時計を振り返って確認《かくにん》しながら、今日も時間ギリギリまで詰《つ》め込《こ》んでくれた。

「ありがとうございました」

「前にも言ってあった通り、今日の午後は特別授業の付添《つきそ》いだ。ちゃんと昼は食べてくるのだぞ」

フユナ先輩が木製トレイを持って立ち上がりながら言った。

「わかりました」

普段《ふだん》であれば、放課後も朝と同じように鍛錬をするのだが、今日はいつもと違《ちが》い、午後から夕方まで行われる2年生の野外授業に付いていくことになっていた。

今日はゴクドゥー先生が不在で、実技授業を担当する教師が心許《こころもと》ないため、フユナ先輩が臨時で護衛を頼《たの》まれていた。

その関係で、僕も連れていかれることになったというわけだ。

本来は1年生の僕が2年生の護衛とかありえないのだが、「学園祭の勝利のため」とフユナ先輩が先生たちに掛《か》け合って、ＯＫが出たらしい。

なんと僕は、午後の授業が免除《めんじょ》になるという。

フユナ先輩、生徒とは思えないな。

「サクヤ。実戦の厳しさを肌《はだ》で感じるのは、お前にとってなによりいい練習になるはずだ」

僕の視線を誤解したのか、トレイを持ったままのフユナ先輩が言い聞かせるように言った。

「感謝してますよ」

正直、午後の座学はだるかったんだよね。

◆　◆　◆

「きゃあっ！」

「危ないぞ」

前に出すぎてダンジョンウルフに囲まれそうになった女子生徒に、颯爽《さっそう》と駆《か》け寄り、魔物《まもの》を始末するフユナ先輩。

「あ、ありがとうございます……」

青ざめた顔で、女子生徒が頭を下げる。

そのまま女子生徒は脱力《だつりょく》して座り込んだ。

「命はひとつしかない。周りを見るのを怠《おこた》っただけで、それを捨てるのは愚《おろ》かだと思わないか？」

フユナ先輩が剣についた血を振り払《はら》いながら、静かに言った。

「さあ立って」

「は、はい……」

フユナが手を差し伸べ、女生徒を立たせる。

「素敵《すてき》……」

「フユナ先輩、カッコいい……」

周囲にいた生徒たちが男女問わず、うっとりした視線を送っている。

フユナ先輩の人気は相変わらずだ。

ここは地下ダンジョンの2階層。

序盤《じょばん》は『ダンジョンウルフ』と呼ばれる、数は多いが、大して強くない狼《おおかみ》が出現するが、進んだ

3つ目の部屋から、それと入れ替《か》わるように大量の骸骨《スケルトン》が出現するようになる。

これが今日の狙《ねら》うべき相手だ。

強さの目安となる討伐《とうばつ》ランクは【上等兵】。

右手に持つ三日月刀《シミター》で攻撃《こうげき》してくる不死者《アンデッド》で、魔法は一切詠唱《いっさいえいしょう》しない。

【毒】や【レベルダウン】などの状態異常攻撃を持たないため、最弱に位置するといってよい。

骸骨《スケルトン》系モンスターは槌《つち》などによる鈍《なまくら》的攻撃が有効と言われているが、こと骸骨《スケルトン》に関しては、剣でもその骨を斬《き》り裂《さ》いて叩《たた》き伏《ふ》せることができるほどに脆《もろ》い。

多くの生徒たちが手に剣を握《にぎ》っているのは、そういうわけだ。

しかし最弱といえど、油断は禁物。

1階層を占拠《せんきょ》していたゴブリンと比べると動きが速く、攻撃も強力になっているので、2年生からすれば気が抜《ぬ》けない相手だ。

「――左だ！」

フユナ先輩が再び、他の生徒の窮《きゅう》地《ち》を救う。

僕はそんなフユナ先輩にちょこまかとついて回り、実戦の厳しさというものを教わっている。

護衛するべき対象は、2年生のシルバークラス。

1年生のように右往左往することはないが、うっかりミスは結構な頻度《ひんど》で目に入る。

特に正面の骸骨《スケルトン》ばかり見ていて、横から近づいてくるやつを見落とす場面が多い。

それでも事なきを得るようにするのが、護衛支援《しえん》の仕事になる。

「フユナ先輩、ホント素敵……！」

「……それに比べて、なにあの1年」

「魚のフンみたいにまとわりついて」

さっきから冷たい視線が、木槌《きづち》を持って走り回る僕に突《つ》き刺《さ》さっている。

ちなみに木槌を持っているのは、貸し出し用の武具の中に剣が余っていなかったからだが、僕はあえてこの武器を選んで握っている。

（フッ……）

僕が本当にくっついているだけに見えているとしたら、それは大間違いだ。

僕はただのフンではない、『縁《えん》の下のフン』なのだ。

（いい練習になっている……）

僕のひそかな笑《え》みが止まらない。

先程《さきほど》からフユナ先輩が動く直前に、僕は骸骨《スケルトン》に目にも留まらぬ速さで打撃《だげき》を入れている。

『だるま落とし』という遊びをご存じだろうか。

薄《うす》い円柱状の積み木を数段重ね、それを横から1段ずつ木槌で叩いて抜き、倒《たお》れないようにうまく一番上のだるまを落としていくという遊びだ。

胴《どう》を素早《すばや》く叩かないと、重なった積み木は崩《くず》れ、だるまは転倒《てんとう》する。

あれと同じことを、僕はさっきからひそかにやっている。

見えない速さで動き、骸骨《スケルトン》の腰椎《ようつい》を、正確に真横からスコーン、と木槌で打つ。

そして、何事もなかったように戻《もど》るという、非常に難度の高いサポート行為《こうい》だ。

正確に真横から打ち込まないと、他の骨にも外力が加わってしまい、骸骨《スケルトン》はあっという間に崩れ去ってしまう。

弱体化ではなく、討伐になってしまうのだ。

僕がやりたいのはそういうことではない。

あくまで皆《みな》に気づかれず、縁の下で、金魚のフンとして活躍《かつやく》したいのだ。

さて、正確に狙った骨を打ち抜けるとどうなるか、説明しよう。

骸骨《スケルトン》は打たれた瞬間《しゅんかん》、【だるま落とし】の如《ごと》く、骨ひとつ分、すとんと縮む。

そして振り下ろす三日月刀《シミター》が、急所を外れて振り下ろされるのだ。

しかも一瞬《いっしゅん》の出来事なので、骸骨《スケルトン》自身、気づかない。

(これなんだ……)

僕がやりたかったのは。

これこそ、縁の下の力持ち。偉大《いだい》なり、魚のフン。

「――サクヤ、あそこを助けに行くぞ!」

「はいっ!」

というわけで、僕は意外にも忙《いそが》しい。

スコーン。スコーン。

縮んだ骸骨《スケルトン》が次々とフユナ先輩に襲《おそ》いかかる。

だが一撃も入れられず、フユナ先輩に粉砕《ふんさい》されていく。

僕は満足げに顎《あご》をさすった。

アシストが確実に効いている。

でも気のせいかな、いつものフユナ先輩のように、動きにキレがないような……。

そんなことを考えていた折。

「おかしい……」

生徒の窮地を救い終えたフユナ先輩が、剣を下ろしながら小さく唸《うな》った。

なにか違和《いわ》感を抱《いだ》いている顔つきだ。

「どうしたんですか」

僕は疑われないように、堂々と胸を張りながら訊《たず》ねる。

「骸骨《スケルトン》がさっきからずれた所を狙ってくる」

「そういう日もあるでしょう」

僕はよくあることのように言った。

「バカ。日の問題ではない」

頭をパコ、と叩かれる。

そんな僕に騙《だま》されるフユナ先輩ではなかった。

「……ん?」

そこでフユナ先輩が、僕の顔を二度見した。

まずい、口元の笑いを隠《かく》しきれていなかった？

「サクヤ。お前……」

フユナ先輩がにじり寄ってくる。

「——あ、あそこ！」

僕は唐突《とうとつ》に指を差し、フユナ先輩の意識を逸《そ》らしにかかる。

うまくいって、フユナ先輩はさっと身体《からだ》をそちらに向けた。

「……どうしたのだ？」

しかし、鞘《さや》に仕舞《しま》われたままの剣の柄《つか》を握りながら、顔だけをこちらに向けて、実に冷静にフユナ先輩が訊ねてくる。

「いや、事なきを得ました……本当によかった」

生徒が普通《ふつう》に骸骨《スケルトン》と戦っているところを指差しながら、僕はほっと胸を撫《な》で下ろした。

「……おい、サクヤ」

フユナ先輩が、僕の横顔をじっとりとした目で見ているのがわかる。

「はい」

「……お前、なにか隠していないか」

フユナ先輩が剣を握り直して、問い詰めようと僕にまた一歩近づいた。

いや、握り直す必要が？

「——あ、あそこっ！」

僕は視線を逸らし、再び同じ行動に出る。

こうなったら時間を稼《かせ》ぐしかない。

だが幸か不幸か、今度は本当に事件が起きていた。

「おい！　そっちに行くな！」

「――きゃあぁぁ⁉」

女生徒の悲鳴が、ダンジョンの中に響《ひび》き渡《わた》った。

2体の骸骨《スケルトン》に追われた女生徒が、そのまま先の部屋に入ってしまったのだ。

もちろん今日は未踏《みとう》のため、先ではこの部屋の比にならないほどに骸骨《スケルトン》が湧《わ》いている。

フユナ先輩が血相を変え、剣を抜き放った。

「――急げ！」

「はいっ」

舌打ちをして武器を取る先生たちの間を、フユナ先輩が猛然《もうぜん》と駆け抜ける。

「……だ、誰《だれ》か……！」

当の女生徒は、顔を真っ青にしている。

彼女《かのじょ》は10体以上の骸骨《スケルトン》に囲まれ、壁際《かべぎわ》に追い込まれてしまっていた。

「やぁぁぁ――！」

部屋に飛び込んだフユナ先輩が声を張り上げ、骸骨《スケルトン》たちの気を引く。

新たな侵入者《しんにゅうしゃ》に気づき、囲んでいたうちの4体が先輩の方を振り向いた。

三日月刀《シミター》を突き出そうと動き出す。

その4体の背丈《せたけ》が、縮む。

突き出された三日月刀《シミター》が、明後日《あさって》の方向へずれる。

「ついてる！」

フユナ先輩はわずかに笑みを浮《う》かべると、できた三日月刀《シミター》の隙間《すきま》に身体を滑《すべ》り込ませ、次々と骸骨《スケルトン》を屠《ほふ》る。

「もう大丈夫《だいじょうぶ》だ」

フユナ先輩が囲みを突破《とっぱ》し、女生徒を背にかばった。

もちろん僕も息を切らしたくらいにして、フユナ先輩の横に立つ。

「おぉ！　すげぇフユナさん」

「かっこいいー！」

ひとつ前の部屋からは、生徒や先生たちの歓声《かんせい》と拍手《はくしゅ》が飛び交《か》う。

「気を抜くなよ、サクヤ」

「はい」

フユナ先輩が剣を突き出すように構えながら言った。

そう、4体を倒したとは言え、まだ10体以上の骸骨《スケルトン》が僕たちの周りを取り囲んでいるのだ。

「随分《ずいぶん》いますね」

「大丈夫だ。こんなのはものの数ではない」

顎をカタカタと鳴らす骸骨《スケルトン》たちが、三日月刀《シミター》をちらつかせるようにしながら、じりじりと近づいてくる。

そこで突如《とつじょ》、フユナ先輩が動いた。

「奥義《おうぎ》――――！」

フユナ先輩が剣を振りかぶりながら、骸骨《スケルトン》の群れに飛び込んだ。

フユナ先輩の剣が、骸骨《スケルトン》たちを一掃《いっそう》しにかかる。

フユナ先輩は一振り一殺で次々と骸骨《スケルトン》をなぎ倒していく。

僕は怯《おび》えた女生徒の前に棒立ちしているように見せかけて、『フンとしての活動』に勤《いそ》しむ。

適切なタイミングで縮んだ骸骨《スケルトン》が攻撃を空振《からぶ》りして、フユナ先輩にやられる。

「すげー！」

「フユナさんいけー！」

ピンチから一転、フユナ先輩の独壇場《どくだんじょう》に、見ていた生徒たちが俄然《がぜん》盛り上がる。

僕は一人、笑いが止まらない。

そう、今、すべてが僕の手のひらの上でコントロールされているのだ。

これこそ、縁の下のチカラモチャーだっ！

などと嬉々《きき》としながらも、ひとつだけ気になっていた。

フユナ先輩、今日はどうしてか動きがおかしい……。

なんだろう、どこか痛むのかな……？

そんなことを考えているうちに、最後の1体にフユナ先輩が斬りかかる。

「……！」

しかし珍《めずら》しいことに、フユナ先輩が石畳《いしだたみ》の小さな段差につまずいた。

足元がちょうど灯《あか》りの陰《かげ》になっていたせいかもしれない。

「くっ……！」

体勢を崩しながらも、フユナ先輩は剣を横薙《よこな》ぎに振るい、強引《ごういん》にその1体を屠ってみせる。

「おぉ――！」

それがカッコよく見えたのか、部屋の外からは歓声が上がった。

これで全討伐になったが、それを喜んでいる場合ではない。

無理な姿勢が祟《たた》って、フユナ先輩は顔面から石畳に倒れてしまう。

(しかたない)

僕は骸骨《スケルトン》の腰椎を打ち抜き、女生徒の方へ戻っていたが、踵《きびす》を返してフユナ先輩に近接する。

もちろん、フユナ先輩を両手で抱《かか》えて……などはNGだ。

ここでかっこよくフユナ先輩を助けてしまったりすれば、すべてが元の木阿弥《もくあみ》だからだ。

「センパ、うわあー」

でも助けないわけにはいかないので、僕もつまずいたふりをしてフユナ先輩が倒れるだろう場所に、先に倒れ込んだ。

そして、その上に倒れてきたフユナ先輩をそれとなく支える。

そんなストーリーのはずだった。

「わ、バカっ⁉」

フユナ先輩の悲鳴とともに、剣が、ガラン、と落ちる。

あぁ剣を捨ててくれた。

よかった、勢い余ってソレを突き立てられるのだけが不安だったんだ。

そして、ドタバタと甘《あま》い香《かお》りのするフユナ先輩と折り重なって――。

……むにっ。

「えっ？」

右手に訪《おとず》れた違和感に呆然《ぼうぜん》とする僕。

……まさか。

こ、この柔らかい感触《かんしょく》は……。

「……！」

僕を下敷《したじ》きにしたフユナ先輩がはっとして、手で胸を隠すようにしながら、僕から離《はな》れる。

その顔がみるみる紅潮した。

「せ、センパ……へぶぅっ⁉」

僕は殴《なぐ》られ、壁に叩きつけられた。

「――このエロ猿っ！　朝、お前に時間をかけたせいで、つけ忘れただけだ――！」

「…………」

僕はずりずりと壁からずり落ちながら、それを聞いていた。

なるほど。

それで、今日は動きが変だったんですね……。

◆　◆　◆

それから数日経《た》ったある日の放課後。

「ある程度下地ができた」ということで、僕は初めて、フユナ先輩の剣を習っていた。

剣を軽く握り、手首を柔らかく使いながら、舞《ま》うように、そして流れるように放たれる剣だ。

習った感じは、威力よりも速さを追求している気がした。

そしてこの連続的な動き……。

「先輩、これはどこの流派ですか」

訊ねても、フユナ先輩は小さく笑うだけで答えなかった。

でも僕には想像以上に楽しい時間になった。

剣の道をずっと孤独《こどく》に追い続けてきた僕にとって、誰かが考え抜いた剣の道というのは実に興味深かったのだ。

夕食もフユナ先輩と一緒《いっしょ》にとりながら、夕練のダメ出しと宿題を頂戴《ちょうだい》する。

「……ということだ。わかったな」

「はい。ところでフユナ先輩、訊《き》きたかったんですが」

僕はハンカチで口元を拭《ふ》く先輩をまっすぐに見る。

「なんだ」

「どうしてそこまで『連合学園祭』に情熱を傾《かたむ》けているんですか」

「………………」

フユナ先輩が視線を皿に落とし、静かにフォークを置いた。

「……学園の勝利のためだ」

「本当にそれだけですか」

「それだけだ」

「違うと思います」

僕にはどうしても、それだけだとは思えなかった。

根深い何かが、そこにあるような気がする。

「昨年は2位でしたよね。先輩のおかげで『かつてないほど健闘《けんとう》できた』ってゴクドゥー先生が言ってましたよ。なのに、先輩だけはまるで大負けした人の顔だ」

「………………」

フユナ先輩が髪《かみ》に呼吸させるように両手で指を通す。

それが表情を隠すためのものだったのかは、わからない。

「よければ僕に話してもらえませんか。1年生ですし、こんなですから今は頼《たよ》りなく映っているとは思いますが、お役に立てるかと」

「………」

フユナ先輩は視線を合わせようとしない。

「先輩」

「――先に帰る。また明日だ」

フユナ先輩が席を立った。

◆　◆　◆

今日はどんよりとした曇《くも》り空で、空気が湿《しめ》っている。

今朝はフユナ先輩は来なかった。

朝からダンジョンを攻略《こうりゃく》するパーティがあると言っていたから、そっちに合流したのかもしれない。

午前の授業はつつがなく終了《しゅうりょう》し、昼休みになった。

昼だけは学園内に設置された食堂で食べるか、購買《こうばい》で売られているお弁当を購入するか選べる。

なお、学園側の食堂にはクエストを確認しにここの受付にやってくる学園ＯＢの冒険者《ぼうけんしゃ》たちも立ち寄ったりしているので、案外賑《にぎ》やかだ。

お酒は出ないけどね。

午前が実技だったせいでひどく空腹だったので、大盛りを注文できる学園内食堂で食べることにした。

しかし一人でいると、周りの視線が僕に集中しているのがわかる。

「あいつじゃね、フユナがパートナーにしたっていう」

「1年のくせに生意気だな……シメるか」

「バカ、シメたらフユナにバレるだろうが……殺されるぞ」

別な方向から、違う会話が耳に届く。

「あ、あの子じゃない？　フユナ先輩が付き合ってるって噂《うわさ》の」

「うそー、あんな年下好きなんだ。でもかわいいかも」

さらに別な方向から聞こえてきた。

「知ってるか？　あいつ、うんち野郎《やろう》なんだぜ」

「えー⁉」

「テンパると漏《も》らすらしい」

称号《しょうごう》も、評判が上々のようだ。

そうしている間に、僕の隣にやってくる人が居た。

とん、と軽く肩《かた》が触《ふ》れる。

「さーくやん」

「お」

慣《な》れた呼び方に振り向くと、昼食の載《の》った木製トレイを持ったスシャーナとピョコがいた。

「最近、フユナ先輩と鍛錬続きで息が詰まるでしょ？　隣いい？」

「サクヤさん、自分、隣座りたいですっ！」

「あぁ、どうぞどうぞ」

あのおつかいクエストの一件から、僕たちはずいぶんと仲良くなっていた。

「毎日、ロビーで待っててくれてるんだってね」

席につくなりさっそく、僕の鍛錬の話になった。

どうやら学園内では、今一番の旬《しゅん》な話題らしい。

「フユナ先輩、随分意気《いき》込《ご》んでてさ」

「自分、知ってますっ。昨年の『連合学園祭』はフユナ先輩のおかげで、２位に食い込んで……」

赤い甘辛《あまから》ソースを頬《ほお》にくっつけながら、ピョコが言う。

さっきから、ピョコはちょっとだけ犬食いだ。

それがなかなかにいじらしい。

「知ってる。それ、あたしのお父様が見に行っていたから」

スシャーナが、ふいに真剣《しんけん》な表情になった。

「フユナ先輩と同じ流派の剣士が他の学園にいて、その人に最後の最後で負けてしまったって」

僕の眉《まゆ》がびくりと跳《は》ねる。

……同じ流派の剣士？

「同じ流派ってどこなんでふか」

煮込《にこ》んだお肉を挟《はさ》んだパンにかぶりつきながら、ピヨコが訊ねる。

「『ユラル亜流剣術《ありゅうけんじゅつ》』よ」

「ゆ、ユラル亜流剣術でふかっ⁉　あの【剣姫】の……」

ピヨコが目を丸くする。

「そう。フユナ先輩は第二王女フィネス様と同じ剣術指南役に習っていたらしいわ」

なるほど。あれが『ユラル亜流剣術』か。

前にも言ったが、剣には列挙しきれないほどの流派が存在する。

しかし、多岐《たき》にわたる流派といえど、根幹へと辿《たど》ればほとんど全《すべ》てがひとつの流派に行き着く。

それが『ユラル源流剣術』。

300年以上前に初代魔王を倒したとされる、勇者ユラルの剣技を伝えたものだ。

その源流が最強の時代が幾年《いくねん》も続き、それを超《こ》える流派は生まれないだろうと言われていた。

しかしこの半世紀前になって、剣の国リラシスにおいて、『ユラル源流剣術』を超えたと噂される流派が生まれた。

それが『ユラル亜流』と名乗る一派であり、ユラルの考えをベースに【連続剣】を剣の流れに混ぜた者たちだった。

確かに言われてみれば、フユナ先輩の剣には、所々に【連続剣】の流れがある。

想像していたよりは平易なものだったけど。

だが『ユラル亜流剣術』と言えば、誰もが知る鉄の掟《おきて》がある。

「『ユラル亜流剣術』は弟子《でし》をたくさんとって育てるけど、最後まで育てるのは――」

「3人」

僕たちの声が揃《そろ》った。

そう、残る数多《あまた》の弟子たちは【真髄《しんずい》】を授《さず》かることなく放《ほう》り出される。

その厳しい選別を受けるからこそ、『ユラル亜流剣術』は磨《みが》かれ続けるのだという。

現在、ユラル亜流剣術を継承《けいしょう》しているとされているのは、この国の第二王女フィネスと、とある貴族の娘《むすめ》2人と言われている。

そのすべてが女性なのは特段驚《おどろ》くべきことではない。

『ユラル亜流剣術』は連続剣の速さを重視するため、女だけをその継承者《けいしょうしゃ》として選ぶのだ。

それゆえ、半世紀前からこの世界での剣の最強の使い手は女とされている。

「そうか……ならフユナ先輩は」

「あれほどの腕前《うでまえ》ですっ。……絶対に継承者の一人だと思いますっ」

ピヨコはあれだけ食べていた甘辛ソースのチキンに手を付けるのを忘れたまま、声を張り上げた。

「そうだといいんだが」

「あたしもそう思いたいわ」

だが、僕とスシャーナは顔を見合わせていた。

世間で引っ張りだこになるであろう『ユラル亜流剣術』の継承者が、わざわざ第三国防学園になど来るだろうかと。

第11話　宿無しの刑《けい》⁉

フユナ先輩《せんぱい》との鍛錬《たんれん》が始まって3週間が過ぎた。

もはや日課となっている夕練。

僕《ぼく》は今日与《あた》えられた型を覚え、フユナ先輩が出す課題をギリギリでこなす感じで木刀を振《ふ》るっていた。

3週間も打ち合っていると、さすがにいろいろと把握《はあく》できた。

ユラル亜流剣術《ありゅうけんじゅつ》の極意《ごくい》。

その使い手たるフユナ先輩の剣の性格も。

そんな中で、僕は見抜《みぬ》いていた。

フユナ先輩には悪い癖《くせ》があることを。

それさえなければ、恐《おそ》ろしく巧《たく》みな剣使いであることも。

欠点を克服《こくふく》できれば、きっと僕が技術を仕込《しこ》む必要などなく、フィネス第二王女など圧倒《あっとう》してしまうんじゃなかろうか。

まぁ最強と呼ばれる【剣姫】の腕前《うでまえ》を、僕は知らないんだけど。

先輩は長年孤独《こどく》に鍛錬を積んだだけあって、さすがに腕は確かだ。

これなら……。

「そうだ、そこで連続の突《つ》きを交ぜろ」

「こうですね！」

「よし、じゃあ今教えたその3つの流れを駆使《くし》して、私を捉《とら》えてみろ」

「わかりました」

僕は教わった通りに剣を振るい、フユナ先輩に迫《せま》る。

木刀とは言え、気をつけなければならない。

意図しなければ、なにかを【粉砕《ふんさい》】したり、上位属性攻撃《こうげき》の【混沌《こんとん》】を付与《ふよ》してしまうことはないのを確認《かくにん》しているが、気を緩《ゆる》めていると付与しかねない。

以前、『トロルの森』で森の王者たる巨鳥《フォレストキングコンドル》を倒《たお》した後に近くの魔物《まもの》を倒して、この上位属性攻撃【混沌】の効果を見たことがある。

どうやらこれは状態異常【眠《ねむ》り】と魔法詠唱《えいしょう》を阻害《そがい》する【沈黙《ちんもく》】を同時に付与する攻撃のようだった。

ＭＡＸ10のうち、まだ2ポイントしか入れていないのでほとんど発動しないが、これが常時発動とかになるとやたら強いだろうな。

殴《なぐ》っただけで寝《ね》るとか、呪文《じゅもん》を詠唱して、魔力を消費して眠らせる魔術師さんたちが台無しだ。

もしかして、【闇《やみ》の掌打《しょうだ》】にも乗っていたのかも。

ダメージなのか【混沌】なのかは不明だったが、山賊《さんぞく》は意識を失っていた。

「どうした？　触《ふ》れることもできないのか」

フユナ先輩が意地悪な笑《え》みを浮《う》かべている。

「え、触《さわ》っていいんですか？　——へぶっ⁉」

僕は倒れ伏《ふ》した。

「ふむ」

「……ど、どうしました、フユナ先輩」

「いや、気のせいかな」

見上げると、フユナ先輩が木刀の切っ先を撫《な》でている。

「どうしました」

「……やはりお前と打ち合っていると、調子が良い気がする」

それは気のせいじゃないんですよ。

先輩の欠点を克服する方法、もう見つけてますから。

しかしそんな折。

「……あふぁ」

まずい、あくびが。

退屈《たいくつ》すぎるようだ。

それは見た目にもまずいと噛《か》み殺す。

さすがに失礼すぎる。

なんとか我慢《がまん》できたが、例によって目に涙《なみだ》だけが浮かんだ。

それを見たフユナ先輩がくすっと笑った。

「それは悔《くや》し涙かな。確かに同情してしまうほどに当たらないな」

「うぬー！」

僕は両腕を水車のように回してがむしゃらに突進《とっしん》し、無様に叩《たた》き伏せられた。

ここでやっと僕は負け犬らしく目元を拭《ぬぐ》った。

「サクヤ。戦いの最中には決して涙を見せるな」

「せ、先輩だって泣くことぐらいあるでしょう」

僕はそれっぽく目元をもう一度拭ったりするが、もう涙はなくて嘘泣《うそな》き感満載《まんさい》だった。

幸い、そんな僕には気づかず、フユナ先輩はただ首を横に振った。

「私は泣かない」

「……ほんとに？」

「私は11の時に、もう二度と泣かないと誓《ちか》いを立てた」

「11の……時？」

断言したフユナ先輩がくるりと背を向けた。

肩甲骨《けんこうこつ》までのブロンドの髪《かみ》がサラサラと風になびいている。

「……先輩？」

「泣くことなどない……断じて……」

フユナ先輩が、独り言のようにぽつりと言った。

「何かあったんですか」

僕は立ち上がりながら、問いかける。

「何もないさ」

振り返ったフユナ先輩は、心なしか唇《くちびる》を震《ふる》わせているように見えた。

しかし湧《わ》き上がった感情を整理できていないのか、彼女《かのじょ》の手は止まったままだった。

「やけに打ち合いたい気分になった。――本気でいくぞ」

フユナ先輩がかつてない速さで、斬《き》り込んできた。

◆　◆　◆

そんなある日のことだった。

フユナ先輩の鬼稽古《おにげいこ》が終わって帰ってきてみると、寮《りょう》の大掃除《おおそうじ》があったようで僕が寝泊《ねと》まりしているロビーには変わった無色の塗料《とりょう》みたいなものが塗《ぬ》られていた。

どうやらこの塗料、埃《ほこり》を自浄《じじょう》する魔法がこめられたものらしい。

通りすがりの先輩に訊いたところ、本来この『寮内塗料塗り』は春休み中に行われるのだが、その際にロビーに避難《ひなん》させた荷物を積んでいたことから、ロビーだけ今になったそうだ。

僕は張り紙の前で立ち呆《ほう》ける。

『塗料が乾くまで接触《せっしょく》厳禁。本日立入禁止』

と書かれている。

掃除の方々は、ここが僕の住処《すみか》だと知らないのだろう。

「……そうきたか」

さて、どうするよ。

ただの掃除ごときで僕、ピンチ。

まあ今は夜でもそれほど冷え込まないから、外でもいいんだけどさ。

あ、でも雨が降ってきた。

まるで追い込み漁みたいになってきた。

「しかたない」

靴《くつ》のニオイが気になるけど、玄関《げんかん》で寝ようかね。

「お前はそこで何をやっている」

もそもそと、下駄箱《げたばこ》の上によじ登ろうとしていると、ふいに後ろから声をかけられた。

見ると、腰《こし》に両手を当てて僕を見ている人がいる。

この場に似合わない、柑橘《かんきつ》のようなすっきりとした香《かお》り。

黒いシャツの胸元《むなもと》に覗《のぞ》かせる、白い双丘《そうきゅう》が作る深い谷間。

フユナ先輩だった。

「いや、ここで寝ると、どんな気分かなと」

「下りろ」

「あ、ハイ」

僕はそそくさと下駄箱から下り、1階から2階への階段のところでフユナ先輩と会話を始める。

フユナ先輩は黒い丈《たけ》の長いシャツと膝《ひざ》上の白いフレアスカートを合わせている。

湯上がりなのか、ブロンドの髪は濡《ぬ》れていて色っぽい上に、黒いヒールを履《は》いただけの素脚《すあし》。

「……最初からそう言えばいいのに。そういうわけか」

僕の話を聞いたフユナ先輩が腕を組み、張り紙のされたロビーに目を向ける。

僕の行動の意味を理解してくれたようだ。

「お前は一応、パートナーだからな。困った時はお互《たが》い様だ。だが中を通ると……」

フユナ先輩が独り言のように言った。

「……先輩？」

フユナ先輩がくるりと背を向ける。

「土砂《どしゃ》降りだろうが、仕方ない。私の部屋からロープを垂らすから、外から上がってこい」

「えっ……いいんですか」

「だから、困った時はお互い様だと言っている。それに、こんなところで寝て風邪《かぜ》でもひかれたら私が困る」

背を向けているから、フユナ先輩がどんな表情で言ってくれているのかはわからなかった。

◆　◆　◆

一応、校則では異性の部屋に入ることは禁止されている。

しかし前にも言ったように、僕たちはパートナーなので超《ちょう》法規的扱《あつか》いになり、咎《とが》められない。

ただ、いくら認められていると言っても、噂《うわさ》までは抑《おさ》えられない。

なのでフユナ先輩は寮内を通らず、外から上がってこいと言ったのだ。

というわけで僕は今、土砂降りの中でたくさんの窓を眺《なが》めている。

3階だとはわかっているけど、どの窓が開くかわからないからね。

強く打ち付ける雨のしずくが、鼻先からぽたり、ぽたりと落ちている。

でも雨は好都合だ。

誰《だれ》も、窓を開けて外を見ようとしないし。

そうしているうちに奥《おく》から3番目の窓がガララ、と開いた。

そこからロープが垂れたので、間違《まちが》いないだろう。

僕は人目がないことを確認して駆《か》け寄ると、そのロープを掴《つか》み、一気に壁《かべ》を登った。

いや、ロープ、いらないんだけどね。

「お邪魔《じゃま》します」

室内に入るなり、すぐにふわっと柑橘系の香りがした。

寮の部屋というものは初めて見たけど、白と黒の清潔感のある部屋だった。

「そこで靴を脱《ぬ》いで」

フユナ先輩が窓を閉めながら、小声で言った。

「はい。失礼します」

見ると足元には白いバスタオルが二重になって敷《し》かれていた。

靴と靴下《くつした》を脱ぎ、雨をたくさん吸って重くなったジャケットを脱いだところでフユナ先輩がコレを使え、とまた別のバスタオルを差し出してくれた。

「ありがとうございます」

「今着ている物も干しておくから出せ」

「あ、別にいいですよ」

「すぐ干さないと衣類は傷《いた》むのだぞ」

フユナ先輩が手を出したまま、待っている。

女性だな、と思った。

「ありがとうございます」

僕は好意に甘《あま》えることにした。

あ、もちろん自分の着替《きが》えくらいは持ってきたぞ。

「にしても、広いですね……みんな同じ部屋なんですか」

「二人で共用する部屋もある。幸い私は一人部屋をもらっているが」

部屋は１ＬＫといったところか。

８畳《じょう》くらいのリビングに、６畳くらいの部屋がひとつ。

キッチンらしき場所が用意されており、そこは水も使えるようだった。

今の僕から見ると、極上の部屋だな。

「ほかに濡れた服は」

「幸い大丈夫《だいじょうぶ》です」

肌着《はだぎ》や靴下もびしょびしょだったけど、さすがに懐《ふところ》に入れた。

「……まあいいか。体を拭《ふ》いたら、これでも読んでろ」

そう言って僕の目の前にぽん、と置かれたのは、『ユラル亜流剣術』の教本だった。

「おぉ」

目次を見ると、敵と相対した際の構え、足の運び、体重の移し方などが書かれている。

「フユナ先輩、やっぱり『ユラル亜流剣術』だったんですね」

「知っていたか」

「友達《ともだち》から聞きまして。これ、僕が読んでもいいんですか」

「継承者《けいしょうしゃ》は３人に絞《しぼ》られるが、門徒は広く募《つの》っているし、全員が女である必要もないのさ」

フユナ先輩が僕の脱いだズボンを両手で絞りながら言う。

「では遠慮《えんりょ》なく」

僕は夢中でその教本を読み耽《ふけ》った。

剣に関しては独学だったので、ページをめくるたびに好奇心《こうきしん》がそそられる内容が目白押《めじろお》しだ。

「案外熱心に読むじゃないか」

「いつも熱心ですよ」

「本当かな。ならもっと腕が磨《みが》かれていてもいい気がするが」

フユナ先輩がくすくす笑った。

そんなフユナ先輩は僕に背を向け、濡れた服を干してくれている。

白いフレアスカートから見えていたふくらはぎが、背伸《せの》びしたせいで下太ももまで覗かせた。

まあ、今はそれに見とれている場合ではない。

「サクヤ、まだ髪から水が滴《したた》ってるぞ」

「あ、すみません」

言われて気づいた。

触ってみると、後ろ髪《がみ》から背中へと水滴《すいてき》がぽたぽたと落ちていた。

「つい夢中になっちゃって」

「しょうがない奴《やつ》だな。いい、読んでろ」

小さく笑ったフユナ先輩は僕の真ん前に両膝を揃《そろ》えて座《すわ》った。

「……えーと？」

「じっとしてろ」

何をされるのかと思えば、僕の後ろ髪をタオルで拭いてくれているのだった。

だが、事はそう簡単ではない。

接してはいないものの、フユナ先輩に、前から抱《だ》かれているような形だ。

目の前に迫る白い谷間。

フレアスカートから出る、並んだ太もも。

すっきりとした香りに、包まれる。

「目のやり場に困ります」

「教本を読んでるんじゃなかったのか」

「今や発情期の若者ですから」

フユナ先輩がゴシゴシと僕の髪を拭きながら、僕の耳元でくすくすと笑った。

「集中力が足りないな」

「くっ……」

試《ため》されているのか、僕は。

◆　◆　◆

「お前には床《ゆか》で寝てもらうぞ」

「敷布団《しきぶとん》までもらっていいんですか」

「当たり前だ。いつもないのか」

「いつもは毛布だけです」

毛布でちょっと寒いくらいだけど、ソレ以上は暑すぎる気がして買っていない。

魔界でもずっとこの毛布で寝てきたしね。

というわけで、フユナ先輩はベッドで、僕は下の床に転がった。

それからは案外、誰かと同じ部屋で寝るのも悪くないなって思うほど、楽しい会話になっていた気がする。

フユナ先輩も僕も、剣を追い求めている似た者同士。

話も合う上に、お互い天井《てんじょう》に向かって喋《しゃべ》っているから、さっきからなんだか言いづらいことまで言えてしまっている気がする。

「フユナ先輩はいつから『ユラル亜流剣術』を？」

「4歳《さい》からだな。最初は父や母に『自分が一番出来がいい』と言われ、本当にそうだと思っていた」

フユナ先輩が天井に向かって笑った。

「そうじゃなかったんですか」

「8歳ころかな。現実を思い知らされた。どう足掻《あが》いても、一本も取れなくなった相手がいてな」

「きっとあのお方ですね」

「そう。フィネスさ」

『ユラル亜流剣術』一番の使い手、【剣姫】たるフィネス第二王女だ。

「同じ歳《とし》とは思えないほどに、フィネスは人格者だ。私は今でも彼女を尊敬している」

負けて悔し泣きするフユナ先輩の肩《かた》を抱き、至らなかったところを丁寧《ていねい》に説明し、こうされると嫌《いや》だったとまで毎回教えてくれたという。

そして、最後には「あなたは強い。あなたが私のライバルよ」と必ず付け加えてくれたそうだ。

「私はそれが心底嬉《うれ》しくてな。ずっと彼女のライバルでいられるように強く在ろうと、日々鍛錬《たんれん》していた」

暗闇《くらやみ》の中で、フユナ先輩の声が言葉通りに弾《はず》んだ。

「だが……そんな生活を送っている間に、私は逆に怖《こわ》くなっていたのだ。……いつかフィネスから見放される日が来てしまうのではと」

その恐怖《きょうふ》が刺激《しげき》される日々が始まる。

間もなくして、フユナ先輩は負けが込んでしまうようになる。

次に勝てなくなったのは、彼女のひとつ年下のカルディエという女。

「そこで私は2年以上務めたフィネスの相手役から外された」

「厳しい世界ですね」

「当たり前だ。盾《たて》無しでは最強と名高い道場だぞ」

日中は人が溢《あふ》れてしまい、道場の中で練習できない者もいるという。

「だが、そうとわかっていても、堕《お》ちた現実はなかなか受け入れられなかった。フィネスと打ち合うカルディエを見て、毎日胸が千切れてしまうのではと思うほどに苦しかった」

それでもフィネス第二王女は先輩のところにわざわざ来てくれて「戻《もど》ってくるのを待っている」

と何度も言ってくれたそうだ。

「先輩に期待してくれていたんですね」

僕の言葉に、フユナ先輩が小さく笑ったのが聞こえた。

「……見合う努力はしていたつもりだった。それでフィネスの相手役に戻れたらよかったんだが」

「だが……？」

「カルディエに敵《かな》わないまま10歳になった頃《ころ》、2つ年下が鳴り物入りで入門してきてな」

現、第一国防学園学園長の愛娘《まなむすめ》ヴェネット。

才能に満ちた少女の入門に、ユラル亜流剣術の道場がかつてなく沸《わ》いた。

「そんなヴェネットにも入門早々打ち負かされた。偶然《ぐうぜん》だと思いたかったが、翌日、翌々日も滅多《めった》打ちにされてしまってな……さすがにあれは応《こた》えた」

何度やっても、フユナ先輩はヴェネットには勝てなかった。

毎晩ベッドに潜《もぐ》り込むと、自分を打ち負かしたヴェネットの歓喜《かんき》した顔が脳裏《のうり》に浮かんで、涙があふれたという。

「才能の差を感じたよ。天才とは、ああいうのを言うのだろうな」

フユナ先輩の声からは、今でもその口惜《くちお》しさが伝わってくるようだった。

聞けば、ヴェネットは毎日積み重ねるような努力は一切《いっさい》しない人物だったらしい。

実戦で打ち負かしたり、魔物を狩《か》るなどは楽しいので必ず参加するが、地味な練習の類《たぐい》は木刀を握《にぎ》ろうともしないし、手合い無しの日とわかれば平気で休むような女だったという。

なのに、フユナ先輩は勝てなかった。

フユナ先輩が日々地道に努力し続けているのに、遊んで歩く女に負ける悔しさは如何《いか》ばかりだったか。

才能の差と言うのは容易《たやす》いが、これほど理解したくないことなど、ほかにないだろう。

「その2つ年下のヴェネットが私につけたあだ名は、『泣き虫劣等生《れっとうせい》』だ」

「泣き虫……？」

「笑っていいぞ。私は泣き虫だったのだ」

フユナ先輩が自嘲《じちょう》した。

「別に面白《おもしろ》くありませんよ。というか僕もむしろそっちの人間ですから」

負けず嫌《ぎら》いだからわかる。

剣技を磨くために強者たちに挑《いど》み、這々《ほうほう》の体《てい》で逃《に》げたことも数え切れない。

喉《のど》が熱くなって悔し涙が上がってくる感じは、もちろん僕も慣れ親しんだものだ。

「『劣等生』とは、『ユラル亜流剣術』を引き継《つ》ぐ3人に選ばれないだろうことを嘲笑《あざわら》ったものだ。……だが私はそれが悔しかったわけではない。『劣等生』の烙印《らくいん》を押されることによって、フィネスの気持ちが変わることの方が怖かった」

フユナ先輩は苦しげに言った。

その頃になると、フィネス第二王女は雲の上の存在となり、剣も合わせなくなったせいで、会話もなくなった。

偶然顔を合わせても、恐怖からフィネスにその心の内を訊くことなど、到底《とうてい》できなかったそうだ。

「努力はしていた。そんな望まぬ名を頂戴《ちょうだい》して、悔しくないはずがなかったからな」

親に土下座して頼《たの》んで、料理や作法など習っていた他の稽古事をすべてやめて、使える時間を全《すべ》て剣の稽古につぎ込んだ。

しかしそれでもヴェネットからたまに一本奪《うば》えるくらいで、序列は変わらなかったという。

「その年の夏に、フィネスが『1番目の継承者』と認められた」

友人として彼女の栄光を喜びながらも、フユナ先輩は一向に成長しない自分に苛立《いらだ》ちを抑えきれなかった。

その数ヶ月後、カルディエが2番目の継承者となると、残りの枠《わく》を懸《か》けて、フユナ先輩とヴェネットの争いが熾烈《しれつ》になった。

目の色を変えて、フユナ先輩は日々、剣に打ち込んだ。

そして、フユナ先輩は泣いた。

その数ヶ月後の、最後の継承者が決まった日。

フユナ先輩の『努力の剣』は、ヴェネットの『天才の剣』に敗れたのだ。

三日三晩泣き続けた先輩は、師匠《ししょう》へ最後の挨拶《あいさつ》にも行かなかった。

入学が決まっていた第一国防学園に入らず、第三国防学園を選んだのも、先輩なりの反発だったらしい。

そのため、親友だったフィネス第二王女ともそれきりになった。

しかしフユナ先輩は剣を捨てることはせず、むしろ学園に入ってから、今まで以上に泥臭《どろくさ》く剣に打ち込んだそうだ。

『ユラル亜流剣術』の真髄《しんずい》などなくとも勝てるほどに、自身を鍛錬しようと心に決めて。

「その時に、私は二度と泣かないと固く自分の心に誓ったのだ。過去の自分と決別するために」

「……それでなんですね」

昨年の『連合学園祭』では、とうとう第二国防学園を打ち破った。

だが第一国防学園との戦いでは、フィネス第二王女とカルディエのペアに敗北したという。

「フィネスと剣を重ねる前に、カルディエに打たれてしまってな」

フユナ先輩とパーティを組んだジョリィがカルディエに早々に倒されてしまい、フィネスと打ち合おうと駆けていたフユナ先輩は背後からやられたのだという。

「だから今年こそ、と？」

フユナ先輩が頷《うなず》く。

「今年はフィネス、カルディエのほかにヴェネットも参戦してくるに違いない。第一国防学園にちょうど3人が揃うからな。そこで磨いてきた私の剣を見せてやるつもりさ」

フユナ先輩は闇の中で手を伸《の》ばし、拳《こぶし》をぐっと握った。

「日々鍛錬してきた剣を、ですね」

「そうだ。積み重ねた『努力の剣』こそが最強だ。そう教えてやる」

「同感ですね」

先輩とはこのいちばん大事なところにおいて、考えが一致《いっち》している。

「それにしても、私も子供っぽいだろう？　これほどの年月が経《た》っても、堕ちた自分を認められず、いまだにフィネスの期待に応《こた》えていると思いたいのだ」

フユナ先輩がまた自嘲した。

「先輩はいずれ、最強の剣使いになりますよ。フィネスさんが驚《おどろ》くほどに」

「ありがとう。だが後輩《こうはい》に気を遣《つか》わせてしまうとはな。先輩失格だ」

「今日くらいいいじゃないですか。濡れた服も干してやったわけですし」

「そういうことにしておこうか」

フユナ先輩は小さく笑った。

だがその笑いも、次第《しだい》に萎《しお》れていく。

「……すまないな。もうわかったと思うが、私が前のめりになっている理由はそういうことだ。実は謝《あやま》らねばと思っていた。私情に付き合わせてしまって本当に――」

「いえ、すごく楽しいからいいですよ。それより話を聞けて良かったです」

僕はフユナ先輩の言葉を遮《さえぎ》った。

「……サクヤ……」

「僕も先輩と学園祭に出たかったんで。感謝こそすれど、謝ってもらうことはひとつもありません」

全く嘘《うそ》のない言葉だった。

そう、チカラモチャーとして、これ以上の名誉《めいよ》はない。

誰かと同じ部屋で寝ると、熟睡《じゅくすい》できないという話も聞く。

けど、僕は普通《ふつう》に朝練できないほどの寝坊《ねぼう》をしてしまった。

チチチ、という小鳥が鳴く声がする。

「はっ⁉」

「3回起こしても起きないから諦《あきら》めた」

がばっと起きた僕に、フユナ先輩は伏し目で自身の剣を研《と》ぎながら言った。

「いつもは力ずくで起こされるのに」

「あまりに心地《ここち》好《よ》さそうに寝てるものだからな……布団で寝たのは久しぶりなのだろう？」

そのうちに起こすのが忍《しの》びなくなった、と先輩は先輩らしくないことを言った。

「すみませんでした。夕練はしっかりやります」

水場を借り、身なりを整えた僕は窓から外の様子を見る。

今は皆《みな》、食堂に向かう時間だ。

もちろん寮の裏を歩いている人などいない。

窓の外を覗いている人もいないことを祈《いの》ろう。

「出られそうか」

「はい。お邪魔しました」

僕は窓枠に足をのせる。

「接待したんだから、頑張《がんば》ってもらうぞ」

フユナ先輩が後ろでニコッと笑った。

「なるほど、そういう意図でしたか」

「それ以外になにがある」

「それなら今晩もお願いし――まぶっ⁉」

窓から突き落とされた。

第12話　現れた宿敵

入学式から3ヶ月経《た》ったある日のことだった。

その日も普段《ふだん》と変わらない、朝から晴天に恵《めぐ》まれた学園での一日。

授業が終わり、僕《ぼく》とフユナ先輩《せんぱい》はいつものように木刀を突《つ》き合わせて稽古《けいこ》に励《はげ》んでいた。

「もっと身軽に振《ふ》るえ！　教えただろう」

「そこで正座するな！　お前はなぜそんな暇《ひま》がある！」

今日は体育館が先生たちの行事で使えなかったので、体育館裏でやっていた。

ここは防風林が植えられていて、案外人目につかないことに気づき、最近使うようになった。

木刀を十二分に打ち合わせると、フユナ先輩がスカートをひらりと揺《ゆ》らし、距離《きょり》をとった。

手に持っていた木刀を下ろし、互《たが》いにふぅ、と息を吐《は》く。

「まだまだだが、それなりの動きにはなってきたな。3年に交ざっても支障ないだろう」

フユナ先輩が、落ち着かなくなったブロンドの髪《かみ》に手櫛《てぐし》を入れる。

「ありがとうございます」

「1年の後期になれば、『討伐《とうばつ》クエスト』タイプの依頼も受けられるようになる。今のお前でも【上等兵】くらいにはなれるだろう」

ちなみにまだ3年生でありながら、フユナ先輩の階級は【准尉《じゅんい》】だ。

卒業目標の【兵長】の4段階上になり、学園で教師役も務めることができるだけでなく、王国騎《き》兵隊《へいたい》や禁軍への加入も可能なランクである。

「水がなくなったな。汲《く》んできてくれ。戻《もど》ったらもう少しみっちりやる」

フユナ先輩が空っぽの水袋《みずぶくろ》を渡《わた》してくる。

「……わかりました」

僕は言われた通りに汲みに行く。

だが彼女《かのじょ》に近づいてくる複数の気配に、気づいていないわけではなかった。

◆　◆　◆

水を汲みに走っていく背中を見送りながら、フユナはため息をついた。

1年生に期待し過ぎだろうかと考え、いつものようにその考えを頭の隅《すみ》に追いやった。

サクヤの剣《けん》の腕《うで》は、この2ヶ月ほどで明らかに上達している。

1年生とは言え、ここの生徒のなかでは、今や間違《まちが》いなく自分に次ぐ実力になっただろう。

相変わらず希薄《きはく》で迫力《はくりょく》のない『存在感のない剣《バックグラウンドソード》』であることに変わりはなかったが。

「あのサクヤなら、きっとカルディエ相手でもいけるのだろうが……」

フユナは灰色の雲がかかり始めた空を見上げていた。

あれを目にしてから、フユナはどうしてもサクヤに期待してしまうのだった。

サクヤが秘《ひ》めている、とんでもない力。

自身すらも凌《しの》ぐかもしれない、底知れぬ力。

しかしサクヤはあの『異常な動き』を自分で意識してできるわけではないようだった。

鍛錬《たんれん》中に引き出そうとしても、それは一度も叶《かな》わなかった。

だからフユナは、サクヤの力の底上げに全力を傾《かたむ》けることにした。

（それでも、このまま鍛錬《たんれん》についてきてくれれば）

サクヤに叩《たた》き込《こ》まれていた基礎《きそ》は、自分から見ても決して悪くなかった。

なかでも剣の流れは今までに見たことのないほどに無駄《むだ》がなく、美しいものだ。

それにサクヤはああ見えて、意外に芯《しん》は強いのが好ましい。

厳しい修練にもついてきてくれるから（ただし泣き言は言う）、だんだん手放したくないと思うようになった。

ユラル亜流《ありゅう》剣術道場での後輩指導を思い出す。

フユナにとっては、自分と同じ鍛錬を課しても逃《に》げていかない後輩は久しぶりだった。

（あと3ヶ月ある）

それを土台にして鍛練を重ねていけば、あの秘めた力がなくともきっと……。

そんなことを考えていたフユナは、気づかなかった。

この学園にいるはずのない人物が、自分に歩み寄ってきていることに。

「あーら、お久しぶりじゃない、『泣き虫劣等生《れっとうせい》』様」

「……！」

フユナは、はっとした。

顔を上げると、ぴったりとした茶色のつなぎの革服に身を包んだ、黄色の髪を三つ編みにした女と、その女を守るように黒い燕尾服《えんびふく》に身を包んだ3人の大男が立っていた。

「庶民《しょみん》の第三学園へ入学されていたなんて、劣等なあなたには実にお似合いねぇ」

フユナの目が見開かれる。

細く、吊《つ》り上がった目は人を侮蔑《ぶべつ》するのに慣れているかのよう。

フユナは片時もこの女の顔を忘れたことなどなかった。

「……ヴェネット……どうしてお前がここに」

ヴェネットが右の口角だけを上げるようにして笑った。

「なにそれ、冷たいわねぇ。あれだけお世話になったフユナ先輩が第一学園に居ないというじゃない。だからわざわざ挨拶《あいさつ》に来てあげたのに」

言葉通りなら大層礼儀《れいぎ》正しい人物ということになろうが、相対しているフユナはニコリともせず、ただ目を細めた。

「……お前は昔からそんな柄《がら》じゃないだろ」

「いーえ、そんな。わたしねぇ、誰《だれ》かと違って大人になったの。上流貴族の娘《むすめ》として、『泣き虫劣等生』のお姉様にもきちんと挨拶できるくらいにね」

ヴェネットは『泣き虫劣等生』という言葉だけをやけに強調してみせた。

「……お前の言っていることはすでに挨拶ではない」

「あら、やっぱりわかったぁ？」

ヴェネットが手で口元を隠《かく》し、含《ふく》み笑いをする。

「ところでフユナ先輩こそ、こんなところで木刀を持ってなんのお遊び？　いや、まさかとは思うけどぉ、『連合学園祭』に向けて、こんなに早くから頑張《がんば》っちゃってるとか？　とかとか？」

「…………」

「えーホントに？　ちょっと涙《なみだ》ぐましいじゃないの！　まぁ確かに、２つも年下のわたしに惨敗《ざんぱい》して追い出された『泣き虫劣等生』ですもんね。劣等生だから、今からそれぐらいしなきゃね！」

「…………」

フユナが唇《くちびる》を噛《か》んだ。

その手にある木剣《ぼっけん》が、小刻みに震《ふる》え始める。

「……私を以前のままだと思うなよ」

フユナがヴェネットを鋭《するど》く睨《にら》みつける。

「あらぁ。面白《おもしろ》いことをおっしゃるわねぇ。『真髄《しんずい》』を授《さず》けられたわたしのセリフならまだしも」

「『真髄』などそもそも不要。日々の泥臭《どろくさ》い努力こそ力の全《すべ》て。お前のように面白いことしかしない奴《やつ》など、努力次第でたやすく追い抜《ぬ》けるのだ」

フユナは揺るぎない態度で告げた。

この世に、才能を持つ者と持たざる者の二者がいることは、フユナも理解している。

ヴェネットが前者であり、自分が後者であることも。

――だが『持たざる者』は、本当に『持つ者』には勝てないのだろうか。

フユナは継承者《けいしょうしゃ》になれずに道場を追い出されてから、来る日も来る日もそれを考え続けてきた。

そして、考え抜いたフユナの出した結論は、『否《いな》』だった。

努力を続けていれば、持たざる者の『努力の剣』が持つ者の『天才の剣』を上回ることは決してあり得ない話ではないはずだ。

なぜなら『努力の剣』は、日々絶え間なく磨《みが》き続けられるのだから。

ヴェネットに負けたのは、ひとえに自分の努力が足りなかったのだ。

『努力の剣』が『天才の剣』を超《こ》えるには、それを上回るだけの惜《お》しみない努力しかない。

奴を超えられるほどに、磨き上げるしかないのだ。

フユナはそう信じて、今までの日々を歩んできた。

次こそは絶対に勝つ、という確固たる信念を持って。

「アハハ笑っちゃうー！　『ユラル亜流剣術』の真髄を授けられなかった実力の無さを、この期《ご》に及《およ》んでまだ認められていないのね」

手の甲《こう》を顎《あご》に当て、上品なしぐさで嘲笑《あざわら》うと、ヴェネットが近くに置かれていた木刀を指先だけで拾った。

「ひとつ教えてあげるわ。今年、『連合学園祭』でフィネスお姉様と組むのは1年生のわたしよ。カルディエお姉様を追い抜いちゃったから」

わたし、努力なんてめんどくさいことは一切《いっさい》してないんだけど、とヴェネットは付け加えた。

「…………」

フユナは特に驚《おどろ》かなかった。

ヴェネットの類《たぐい》まれな才能に驚愕《きょうがく》していたのは、カルディエとて同じだった。

「いずれ自分も抜かれますわね」とヴェネットの入門当時にカルディエがつぶやいていたのをフユナは思い出していた。

「でも学園祭まで待つ気はない。無能な人間がいくら努力しても無駄だということを、わたしが今ここで教えてあげる」

ヴェネットが木刀を突き出すようにして、半身に構えた。

「……何を考えている？　『連合学園祭』ならまだしも、部外者のお前がこの場で私と打ち合おうというのか」

「なんら問題ないの。今日はお父様も来てるし」

「なっ……第一の学園長が？」

フユナが唖然《あぜん》とする。

ヴェネットの父は現・第一国防学園の学園長に就《つ》いている。

「お父様、仰《おつしや》ったの。せっかく来たのだから、格下の学園の生徒に稽古をつけてやるくらいはしてあげなさいと」

「……それは嘘《うそ》にしか聞こえない。お父上殿《どの》はお前と違って、もう少しまともな人間だろう？」

「お黙《だま》りなさい」

ヴェネットの顔から、笑《え》みが消えた。

「……フユナ、あなたは自分が強くなっているると思っているようだけど、所詮《しょせん》、第三学園という井《い》の中の蛙《かわず》。この場でもう一度、劣等生の意味を教えてあげる」

刹那《せつな》、ヴェネットが跳《と》んだ。

「――！」

初撃《しょげき》は左こめかみを狙《ねら》った袈裟《けさ》の一撃。

とっさにフユナが木刀を持ち上げ、受けにいく。

――カァアン！

それは異様に軽い一撃だった。

ヴェネットの口元がにっ、と吊り上がる。

まずい、とフユナが理解した時には、すでに左からの弧《こ》を描《えが》く2撃目がやってきていた。

しかし、重ねられた訓練の賜物《たまもの》と言うべきだろう。

フユナの反射的な防御《ぼうぎょ》は、ギリギリその間に割り込んだ。

「っつぅ！」

しかしその痛烈《つうれつ》な打ち込みに、フユナの手が痺《しび》れ上がる。

「……！」

フユナの背筋を、戦慄《せんりつ》が走っていた。

今の一撃の威力《いりょく》、完全に手合いのレベルを超えている。

躱《かわ》せなければ致命傷《ちめいしょう》を負っていたかもしれないほどの、ルール外の一撃であった。

「攻《せ》めてこない、のっ！」

続けて、ヴェネットが鋭い突きの連撃を放つ。

『ユラル亜流剣術』の教本にある、『連続剣其《そ》の壱《いち》』である。

「くっ！」

フユナは思わず舌打ちする。

かつて、彼女が苦手としていた攻撃《こうげき》だった。

だがフユナとて、もちろんなんの準備もしていなかったわけではない。

1000回ではきかない。

数え切れないほどにこの攻撃を思い返しては、躱し、返り討《う》ちにする鍛錬を重ねてきたのだ。

フユナは仰《の》け反り、顔に風穴を開けようと飛んでくる木刀の先をさばく。

鍛錬してきた通りに躱し、ヴェネットに生じる隙《すき》を窺《うかが》う。

「遅《おそ》い遅い！」

「くっ」

しかしフユナのさばきは、繰《く》り返すごとに遅《おく》れ、段々と隙があらわになっていく。

ヴェネットの突きは以前と比べて、嫌《いや》になるほどに洗練されていた。

自分が鍛錬を重ねた以上に。

「……ぐっ……」

これが持つ者の『天才の剣』――。

唇を噛む。

フユナの胸に悔《くや》しさが燃え上がっていた。

道場を出てから3年。

雨の日も風の日も泥臭く努力し、たゆみなく剣を磨いてきた。

なのに早くも、優劣《ゆうれつ》は明らか。

ヴェネットとの間には歴然とした差が存在していた。

「うっ」

やがてバランスを崩《くず》したフユナに大きな隙が生じたが、ヴェネットは追わずに距離をとり、その顔に嫌味な笑いを浮《う》かべた。

「あーあ……つまらないことこの上ないわ。まだ真髄のかけらも見せてないのに。……ホントに努力したの？　『泣き虫劣等生』さん」

「――うるさい！」

フユナは声を荒《あら》らげながら、剣を上段に構える。

あまりの悔しさに、フユナの目頭《めがしら》が無意識に熱くなりかけた。

だが、頭を振って必死にこらえる。

（絶対に泣くな……こんな奴の前で……）

自分は決めたのだ。
道場を出た、あの時に。
(フィネス……)
自分は第三学園に入り、来たる『連合学園祭』でフィネスと剣を交える。
日々休むことなく磨き続けてきたこの腕前《うでまえ》を、直《じか》に見てもらう。
そして、戦い終えた後にフィネスに訊《たず》ねるのだ。
ずっと訊ねたくても、訊ねられなかったことを。
――自分は劣等生と呼ばれるべきかどうかを。
――今もライバルとして、自分を見てくれているかどうかを。
フユナの目が、力強く生き返る。
「お前などに負けている場合ではない!」
自分はあのフィネスが認めてくれたライバル。
そのために、そうあり続けるためにずっと努力してきたのだ!
「あら、もう本気ですの?」
ヴェネットがくすっと笑った。
フユナは本気の時しか上段に構えないことを、長年の対戦で知っているのである。
「そうやって挑発《ちょうはつ》しているがいい」
フユナが動じずに、乱れた呼吸を丁寧《ていねい》に戻す。

刹那、一足飛びでヴェネットへと肉薄《にくはく》した。

「やぁぁー！」

今度はフユナの、息もつかせないような突き。

しかしヴェネットは涼《すず》しげな顔のまま、それを皮一枚で躱していく。

「かすりもしないですわね」

ヴェネットは避《よ》けながらも、自身の三つ編みをもてあそぶ余裕《よゆう》っぷりである。

それでもフユナは黙々《もくもく》と剣を振るい続ける。

袈裟斬りから足払《あしばら》い、下からの真一文字の斬り上げ。

教本にはない、自分独自の連撃も交ぜる。

大振《おおぶ》りにならないよう、努めて集中を乱さず、静かな剣を振るう。

そして連撃が20を超えたところで、ヴェネットの回避《かいひ》に小さなミスが生じた。

跳躍《ちょうやく》がわずかに高すぎたのだ。

それを見逃《みのが》さず、フユナは大技《おおわざ》に繋《つな》げる。

「【蝶《ちょう》 舞《ぶ》斬り】――――！」

【蝶舞斬り】は3つの方向から敵に一瞬《いっしゅん》で連撃を浴びせる『ユラル亜流剣術』の技である。

フユナが最も得意とし、かつてヴェネットを倒《たお》さんとする時に必ず使ってきた技でもある。

一撃一撃は軽く、骨を断《た》つほどの威力はないが、体表を走る太い血管を狙って斬り裂《さ》き、相手を殺傷する。

もちろんこれは『ユラル亜流剣術』の武技であるため、フユナだけでなくヴェネット自身も使いこなすほどに知り尽《つ》くしている。

だからフユナは道場を出た後、この技を自身なりに改良していた。

こんな場で見せるべきか迷ったものの、未《いま》だに自分を『劣等生』と呼び続ける彼女を、断じて許すわけにはいかなかった。

「劣等生の剣かどうか、とくと知れ――！」

フユナの剣が唸《うな》る。

しかし。

「――いいわ。こちらも見せてあげる」

ヴェネットは臆《おく》せず、逆に踏《ふ》み込んだ。

「――【真髄・蝶舞斬り返し】」

ヴェネットが低い姿勢から、剣撃を放った。

そしてフユナの変則的な1撃目を見抜《みぬ》き、真っ向から強く打ち返す。

カァアン、という木刀同士が鳴らす音。

「なに⁉」

木刀を吹《ふ》き飛ばされかねないほどの強打に、フユナが目を見開いた。

その両手は弾《はじ》き返されたせいで、頭上でバンザイをするような形になってしまっている。

そう、『ユラル亜流剣術』の【真髄】とは、最強の剣たる『ユラル亜流剣術』を打ち破るすべのことであった。

「劣等生の【蝶舞切り】、恐《おそ》るるに足らず！」

そんな隙だらけのフユナを、ヴェネットの2連撃が襲《おそ》いかかる。

ドスッ、ドス！

「――うあっ⁉」

鋭い木刀の連撃が、フユナの腹を深く突いた。

フユナは呻《うめ》き、うずくまるようにして地に倒れこむ。

「うぅっ……！」

しかし、木刀だけは離《はな》さない。

「ヴェネット様！　お見事！」

「お見事です！」

ヴェネットのボディーガードらしい3人の黒服の男たちが歓声《かんせい》を上げ、一斉《いっせい》に拍手《はくしゅ》を送る。

「こ……こんな奴に……！」

フユナはなんとか立ち上がろうと膝《ひざ》を立てるが、足腰《あしこし》に力が入らず、再び崩れ落ちる。

そんなフユナの前に、ニタニタしたヴェネットがやってきて仁王立《におうだ》ちし、見下ろした。

見上げたヴェネットの顔の後ろには、いつの間にか空一面に灰色の雲が立ち込めている。

「あー、思ったよりは面白かった。でもそんなお遊びの域の武技で、【真髄】を学んだこの私が倒せると思っていたのが滑稽《こっけい》だったわ」

「……うぅ……」

「ねぇ、滑稽よね。一緒《いっしょ》に笑いなさいよ」

「うあぁっ」

ヴェネットの靴《くつ》が、フユナの右手を踏みつけた。

フユナの手から、ずっと握《にぎ》り続けてきた木刀が離れた。

「……くっ！」

その頬《ほお》に乾《かわ》いた土をつけたまま、フユナが下からヴェネットを睨む。

それを見たヴェネットの顔が歓喜《かんき》に歪《ゆが》む。

「全部無駄なのよ。わかった？『泣き虫劣等生』さん」

口に手を当てて、くすくすと笑うヴェネット。

「うるさい……！」

フユナはヴェネットの足を払いのけ、木刀を掴《つか》み直し、気合いだけで立ち上がろうとする。

だが膝に力が入らず、やはり震えるばかりで座りこんだ。

ヴェネットの攻撃が、的確に自分の急所を捉《とら》え、ダメージを蓄積《プール》させていたのだ。

「くそ……くそっくそっ！」

フユナは立たない両膝を血が出るほどに握りしめる。

だがもし彼女が立てたところで、事態は何も変わらなかっただろう。

すでにフユナの心は、完全に折れていた。

認めずにはいられなかった。

──『努力の剣』と『天才の剣』の間の絶望的なまでの差を。

今のフユナには、ヴェネットは圧倒《あっとう》的な高みにいるように感じられていた。

(だめなのか……)

いくら血の滲《にじ》むような努力を何年も重ねても、自分のような『努力の剣』では──。

「そういえばフィネスお姉様は以前、あなたのことをライバルと呼んでいたそうね」

ふと、ヴェネットがフユナの頭の上から言った。

「……！」

フユナがはっとする。

「ねぇ。フィネスお姉様が今、わたしをなんと呼んでいるか、知りたい？」

「…………」

「ねぇ、知りたいでしょ？　わたしは今、フィネスお姉様のお相手を命じられているの」

「……やめて」

フユナは俯《うつむ》き、首を横に振った。

彼女の胸で心臓が急に早鐘《はやがね》のように打ち始め、言葉が発せられなくなる。

「やめてと言われると、教えて差し上げたくなるものよ」

ヴェネットが狡猾《こうかつ》な笑みを浮かべた。

「……やめて……お願い」

フユナの息が、あえぎに変わる。

同時に、ヴェネットの悪魔《あくま》の口が開いた。

「フィネスお姉様はこう言ったわ。『ヴェネット、あなたが私のライバルよ』」

ヴェネットが右の口角を吊り上げ、声音《こわね》を真似《まね》するように言った。

フユナの目から、大粒《おおつぶ》の雫《しずく》がこぼれ落ちた。

「アハハハハハハハ！　泣いたわ！」

それを目にしたヴェネットが高笑いした。

「もっと泣きなさいよ、この『泣き虫劣等生』！」

ヴェネットが歓喜に震えた、その時。

「――なかなか笑わせてくれる」

ふいに男の声がした。

「……ぬ？」

ヴェネットが視線を向けると、なんとすぐ近くに一人の男が立っていた。

つかつかと歩み寄ってくるその男は、黒い外套《がいとう》を羽織り、深くフードをかぶったその顔を見ることはできない。

「そこまでだ。この勝負、俺《おれ》が預かる」

そう言って、男は座り込んだままのフユナを背にかばうように、間に割り込んだ。

「いいところだったのに、何？　あなた死ぬほど邪魔者《じゃまもの》よ」

ヴェネットがあからさまに興ざめした顔になり、脅《おど》すように男を睨みつけた。

しかし男は平然として、フードの奥《おく》からヴェネットを見据《みす》える。

「お前のやり方は実に気に食わん……泣かせた以上は相応《そうおう》の覚悟《かくご》をしておけ」

「……えっ……？」

男の発した今の言葉。

フユナは耳を疑い、濡《ぬ》れた目を瞬《しばたた》かせて、現れた男の背中に目をやる。

背はそれほど大きくはなかった。

外套の下には学園の制服を着ているようだが、声の感じからして、彼女には全く見覚えのない男に感じられた。

そんな男の前に、３人の巨漢《きょかん》の黒服が立ちはだかる。

「……おいお前、ここの生徒だな？」

３人の黒服が50センチほどの鉄製の棒を取り出し、屈強《くっきょう》な腕を見せるように腕まくりする。

その後ろでヴェネットが余裕を見せるように、微笑《びしょう》を浮かべた。

「この方をどなたと思っている？　この下郎《げろう》が。今すぐ土下座しろ」

「――こんな奴は知らん」

「てめぇ！」

黒服の一人が棒を振りかぶって、フードの男に襲いかかった。

「に、逃げろ！　そいつらは第一学園直属の――」

フユナが座り込んだまま叫《さけ》ぶ。

だがフードの男は逃げる代わりに体を沈《しず》ませ、左手を片合掌《がっしょう》した。

黒服が鉄棒を振り下ろす。

「――ぶぉ⁉」

次の瞬間、黒服の巨体がひとつ、いともたやすく宙を舞《ま》った。

フードの男は鉄棒の一撃をひらりと躱し、黒服の顎を下から掌打で突き上げたのである。

巨漢がドスン、と背中をしたたかに打った。

「………………」

その様子を見たヴェネットが、細い目をさらに細める。

「顎が、あごがぁぁぁ――⁉」

土埃《つちぼこり》まみれになりながら、呻く黒服の一人。

「……てめぇ⁉」

他の黒服たちが、驚きと怒《いか》りの混じった声を発する。

フードの男は何も言わず、ただ静かに笑ったようだった。

「……ふぅん。面白いじゃない。ちょうど物足りなかったところだから、わたしが相手してあげようかしら」

ふん、と鼻で笑ったヴェネットが側近たちを後ろに下がらせ始める。

フードの男はその間にフユナを振り返ると、屈《かが》み込んで彼女の踏みにじられた手にそっと触《ふ》れた。

「……え……？」

手と手がわずかに触れ合っただけのはずなのに、フユナは驚く。

手が重なった部分が、不思議と温かく感じられたのだ。

そして、その温かさはすぐに全身に広がった。

彼女は何が起きたのか、気づかなかった。

想像すらも出来なかったに違いない。

学園の制服を着た司祭など、いるはずがないのだから。

「で、突然《とつぜん》現れた王子様は何者？　学園の生徒よねぇ？　……ああ、訊ねる前に身分の高いわたしから名乗りましょうね。わたしは——」

「——お前の名前など、割とどうでもいい」

男はフユナの手にあった木刀をそっと貰《もら》い受けて立ち上がると、そう吐き捨てた。

ヴェネットの微笑が凍《こお》りつく。

「……貴様……ヴェネット様をお前呼ばわりするとは⁉」

外野の黒服がいきり立って叫ぶのを、ヴェネットが手で制し、その顔に微笑を浮かべ直す。

「男風情《ふぜい》がなにを偉《えら》そうに。見たところ盾《たて》を持っているわけでもない。あなたはどの流派の剣術を使うのかしら？」

「俺に師はいない。我流だ」

「アハハ！」

ヴェネットがとたんに大口を開けて笑い出した。

「それだけ啖呵《たんか》を切っておいて、師はいない、ですって⁉　どうして我流の連中は揃《そろ》いも揃って身の程《ほど》知らずなのかしら」

「クハハハ！　口先だけだこいつ」

「天下のヴェネット様を前に、愚《おろ》か者め！」

高笑いの声に黒服たちの笑い声も重なる。

「で、俺はお前が笑い終わるまで待っていた方がいいのか」

男は木刀を持ったまま腕を組む。

それを見たヴェネットがとたんに笑うのをやめ、きっ、と男を睨んだ。

「……マジ気に食わない。なに、さっきからその『上から目線』は？」

ヴェネットが木刀を片手で突きつけるように構え、フードの男を睨む。

「だ、誰か知らないが逃げてくれ。そいつは……『ユラル亜流剣術』の真髄を極《きわ》めているのだ……」

フユナの呻くような言葉を聞いて、ヴェネットが誉《ほ》め言葉とばかりにニヤリとする。

しかしフードの男はただ肩《かた》をすくめる。

まるで、だからどうしたと言わんばかりである。

「だからどうした」

いや、口でも言っていた。

ヴェネットのこめかみがぴくついた。

「……いい度胸ね、エリート中のエリートであるわたしを理解できないなんて」

ヴェネットが木刀を構え直す。

「今すぐ地面に這《は》いつくばらせてあげるわ。そこの劣等生と一緒に――ねっ！」

ヴェネットが地を蹴《け》ると、男に一気に肉薄した。

「危ない！」

フユナが叫ぶ。

外野の位置からヴェネットを見ると、動きが別人のように感じられた。

ヴェネットはやはり、知っている頃《ころ》より数段腕を上げているとフユナは確信する。

「――はっ、殺《や》ったわ。口ほどにもない！」

ヴェネットが相変わらず腕を組んだまま棒立ちしている男の顔めがけて、木刀を鋭く突き出した。

――ヒュン。

しかし木刀は男を確かに貫《つらぬ》いたにもかかわらず、ヴェネットの手になんの手応《てごた》えもなかった。

やがて貫かれた男の姿が音もなく掻《か》き消える。

「……えっ」

ヴェネットが目を見開く。

「……なんだ……？」

「き、消えた……でも今、確かに」

彼女の後ろに控《ひか》える黒服たちも、その顔に驚愕の色を隠せない。

「……これは……ま、まさか【残像】……！」

フユナが息を呑《の》んだ。

世界に数多《あまた》といる武術家たちが極《きわ》めんとしながらも未《いま》だにできずにいる驚異《きょうい》の技、【残像】。

それを目の前の男はいともたやすく成してみせた？

「……ど、どういうこと……？」

ヴェネットが慌《あわ》てた表情であたりを見回す。

それが【残像】だったということにすら、彼女はまだ気づいていなかった。

「まさか、わたしの剣を躱した……？」

「ヴェネット様、上、真上に――！」

「頭の上に立って――！」

黒服の男たちの叫ぶ声が、やっとヴェネットに届く。

「なっ、わたしの頭の上!?」

慌てて頭上を見上げたヴェネットの眉間《みけん》に、踵《かかと》打ちが入る。

「あだっ」

額を押《お》さえて仰け反り、涙目になるヴェネット。

ふわりと着地した男は木刀を持ったまま、まだ腕を組んでいた。

「なっ……」

フユナはあまりのことに、言葉が出なくなる。

「弱いな。想像をはるかに下回る」

男が吐き捨てる。

ヴェネットが、顔を真っ赤にした。

「だ……騙《だま》し討《う》ちくらいでほざくな！　男なら逃げないで受けろ！」

ヴェネットが三つ編みにした髪を首に巻き付けると、木刀を正眼に構える。

「どれ。なら打ち合ってみるか」

男が腰を落とし、木刀を下段に構える。

「その『上から』やめろやぁぁ――――！」

ヴェネットが一気に間合いを詰《つ》めてくる。

接近するや、ほぼ瞬時に斜《なな》め下から斬り上げられる、ヴェネットの木刀。

「馬鹿《ばか》な！　意地を張らずに躱せ！」

刹那、フユナの脳裏《のうり》に浮かんだのは、受けきれずに左脇腹《わきばら》を打たれて吹き飛ぶ男の姿。

過去に何度も見てきた、あの研ぎ澄《す》まされた一撃。

あれは皆《みな》、例外なく避ける。

受けきることができる者など、道場に何人いよう。

カルディエや自分ですら――――。

――カァァン。

「……えっ」

フユナが目を見開いた。

男はなんと、それを木刀でいとも簡単に受けてみせた。

「――やぁぁ!」

続く、ヴェネットの追撃の横薙《よこな》ぎ。

――カァァン。

また木刀で受け止めた。

さらに突き、突き、突き。

男はそのすべてを軽いノリで打ち払っていた。

「ど、どうして……?」

あまりの驚きに喉《のど》がカラカラになっていく。

なぜ、あのヴェネットの攻撃が……?

「涼しげにしてるのも今のうちだわ!」

やがてぐん、とヴェネットの剣が加速した。

見ている間にも、剣速はぐんぐん上がっていく。

フユナが息を呑んだ。

「まずい……離れろ!」

この怒涛《どとう》の連撃こそ誰にも真似できぬ、ヴェネットが『疾風《しっぷう》』と自称《じしょう》する剣技である。

ヴェネットが『天才』と評される理由。

フユナは知らなかったが、それはひとえにこの隠しスキル【高速化】をスキルツリーに与《あた》えられていたからだった。

ヴェネットはこの【高速化】により、同じ行為《こうい》をどんどん加速させることができるのだ。

ピーク時の剣速は第一の継承者フィネスをも超え、それが『連続剣』と相まって、驚異的な実力を発揮する。

そしてこれこそが、当時からフユナがどうしてもヴェネットに勝てない理由にほかならなかった。

「早く離れろ！　大怪我《おおけが》するぞ！」

しかし男は離れるどころか、どっかと腰を据《す》えて、次々と放たれる攻撃を防御し始める。

――カァアン。カァン。

――カァン。カァアアン！

木刀同士が削《けず》り合う音が、あたりに響《ひび》き渡る。

男は、なんと『疾風』の防御に成功し続けている。

「…………」

フユナは戦ってもいないのに、背中にじっとりとした汗《あせ》をかいていることに気づいた。

ヴェネットの攻撃はすべて手合いのレベルを超えていた。

当たれば骨折、いや打ち所が悪ければ致命傷になる可能性すらある。

それは受けているあの男が一番わかっているはずだ。

なのに男は退《ひ》くことなく、ただ淡々《たんたん》と攻撃をさばいている。

それを見ているだけの自分の方が、息をつくことすらできない。

「……すごい……しかし」

あの男、一体いつまでもつか。

ヴェネットの剣はただ速いだけではない。

軽い一撃、重い一撃、そして必殺の一撃。

それを混ぜて打ち込んでくるのが非常に厄介《やっかい》なのである。

(7連撃、8連撃、9連撃……)

フユナはだいたいここまでで打ち負かされるのが、お決まりのパターンだった。

「せぃ――――!」

ヴェネットの鋭い横薙ぎ。

が、男は慌てた様子もなく、防御に成功する。

「やぁぁ!」

ヴェネットの、すべてを両断するような、力強い唐竹《からたけ》割り。

男はそれを易々《やすやす》と弾く。

「――まだまだ上げてやるぁぁ!」

ヴェネットの剣速がさらに上回っていく。

17連撃、18連撃、19連撃……。

「……う、嘘だ……!」

異次元すぎて、フユナの顎が震えた。

驚くべきことに、男はまだ飄々《ひょうひょう》と防ぎ続けている。

この現実を誰が理解できよう。

最強の流派『ユラル亜流剣術』の継承者たるあのヴェネットがこれだけ剣を振るって、かすりもしないのだ。

フユナはいいかげん、理解しなければならなかった。

この男が、非常識な存在だということを。

「いったい、誰なのだ……」

フユナはまじまじと男の背中を見つめた。

流れ落ちる涙をどうにもできずにいたあの時、ふいにヴェネットの笑い声が止《や》んだと思ったら、この男が自分をかばうようにして立っていた。

最初は何をしに来た人なのか理解できなかった。

でも話す内容とその行動から、追い込まれた自分を守るために戦ってくれているような気がした。

今、こうして見ると、自分が求める強さを具現化したような、まるで夢のような異性だった。

（……こんな時に、私はなにを）

つい見惚《みと》れてしまっている自分に、フユナは舌打ちをした。

でもなぜこんな強者が、第三学園の制服を着てここに？

もしや、ここの卒業生がクエスト受領がてら、通りすがりに自分を助けに来て――？

「――遅い」

刹那、男が呟《つぶや》いて動いた。

「なっ⁉」

フユナは目を疑った。

なんと男はヴェネットの高速剣をさばきながら、攻撃に転じたのだ。

「ただ早回しで繰り返してるだけだろう。さすがに飽《あ》きたぞ」

「くっ……！」

一転して、ヴェネットが防戦し始める。

ヴェネットが先手を奪《うば》われ、一歩、また一歩と後退していく。

「…………」

フユナは口をぽかんと開けて、その戦いに見入る。

信じがたいことに、男の剣が、さらに勢いを増す。

「なにっ」

ヴェネットの顔に焦《あせ》りが浮かんだ。

そうしている間にも、男はまだその速度を上げていく。

繰り出される斬撃《ざんげき》は、完全にヴェネットの最速を超えていた。

もはやフユナには見えなくなりかけた、そんな一瞬のこと。

「…………」

ふと、フユナは男の剣に目を奪われた。
そして、走った衝撃《しょうげき》に呼吸を忘れる。
脳裏《のうり》で重なった剣。
「あ……あれは……」
美しい剣筋。
殺気もなにもない、無を纏《まと》う軽《かろ》やかな剣。
「嘘……嘘だ……！」
異常なまでの酷似《こくじ》。
まさか、まさかあれは。
……『存在感のない剣《バックグラウンドソード》』……。
だとしたら。
あの男……まさか。
フユナはガタガタ言うほどの震えが止まらなくなりながら、確かめようと目を凝《こ》らす。
しかしすでに剣速は高まり、フユナの目では完全に捉えられなくなっていた。
「……いや、違う……違うはずだ」
あいつ程度の腕前で、ヴェネットと渡り合えるはずがない。
それは日々手合わせしていたフユナ自身、よくわかっている。
だが、もし。

もしあいつが、あの力を自在に使いこなしていたら――？

フユナは飄々と剣を操《あやつ》る男の背中に、疑惑《ぎわく》の視線を向ける。

「いや、それでも絶対に……絶対にない……！」

フユナは呻くように自分に言い聞かせる。

だが同時に、フユナの視界はなぜか涙で潤《うる》んだ。

断じてありえない。

だってあいつが。

あんなに下品で、バカな奴が。

――こんなにかっこいいはずがないもの。

「なっ⁉　ぎゃっ」

その時、ついに男の木刀がヴェネットの体を捉えた。

ヴェネットの三つ編みが宙で揺れ、その体が『く』の字に曲がる。

さらにそこへ3連撃。

右の腰骨、木刀が泳いだところへ左肩、右膝。

「はぁぐっ」

痛みに耐《た》えかねたヴェネットが、とうとう片膝をついた。

ヴェネットの負けである。

一般《いっぱん》の手合いでは、立ち姿勢を維持《いじ》できなくなった時点で、その者の負けとするのが暗黙《あんもく》のルールであった。

「こ、こんな……ことが……！」

フユナはあまりの驚愕に言葉を失っていた。

ヴェネットが負けるのを見るのは、もちろん初めてではない。

彼女とて、第一の継承者たるフィネスには全く勝てないのだ。

（しかし）

二の腕に立った鳥肌《とりはだ》が、一向におさまらない。

あのフィネスでも、ここまで易々とヴェネットを負かすことができるだろうか。

（……いや、違う）

そこまで考えて、フユナは気づいた。

今回においては違うのだ。

負けたのは、一般人相手でヴェネットがその力を抑《おさ》えているからだ、とフユナは思い出す。

先程《さきほど》フユナが用いた【蝶舞斬り】のような『ユラル亜流剣術』の奥義《おうぎ》は、大会などの特別な場合を除き、一般人との手合いにおいて用いることは禁じられている。

その理由は2つある。

ひとつは奥義を秘匿《ひとく》し、むやみに人目にさらさないためであり、もうひとつは『ユラル亜流剣術』が完全な『殺戮《さつりく》の剣』だからである。

（興奮していた）

よく考えれば、そう簡単に『ユラル亜流剣術』の継承者が屈《くっ》するはずがないのだ。

「——ヴェネット様！」

後ろにいた黒服の巨漢の一人が駆《か》け寄り、何かを詠唱《えいしょう》し始めた。

「おい、まだ『負けの宣言』をしていないだろう！」

フユナは声を荒らげた。

それが回復魔法《ヒール》であることにすぐ気づいた。

手合いでは、一方が負けを認めて宣言し、勝敗が決するまでは回復魔法《ヒール》は認められない。

だが黒服は回復の手を止めない。

相対していたフードの男も、ピクリとも動かず、全く気にした様子はないようだ。

ヴェネットが完全に回復して立ち上がる。

「ヴェネット、もう勝負はついたはずだ」

「お黙りなさい」

「負けは負けだぞ」

「——やかましい！　今のはわたしの実力の半分も出していない！」

ヴェネットが顔を怒りでひきつらせ、裏返った声で怒鳴《どな》った。

「お前……いったい何を考えている」

「……これはすでに『ユラル亜流剣術』への挑戦《ちょうせん》。継承者として、汚名《おめい》を着せられたままでは終われぬ」

そしてヴェネットは厳しい視線を目の前の謎《なぞ》の男に向け、ヒステリックに叫んだ。

「言え！　貴様のその剣術はいったい何だ！」

「だから我流」

「ふざけんな！　我流がそんなに強いはずがない！　一体どうやってそこまでの高みに至った⁉」

脇《わき》で聞いていたフユナは、無意識にその会話に耳を澄ませていた。

彼女も同じことを訊ねたいと、心底思っていた。

一体、どんな類の剣が、あれほどまでにヴェネットを上回ることができるのか。

「……くっ」

ふいに先程までの悔しさが再燃し、フユナの顎がガクガクと震え始めた。

自分からみると、彼《かれ》らの強さは異次元すぎた。

いずれにしろ、自分のような持たざる者の『努力の剣』などでは、決して彼らの世界に足を踏み入れることなど――。

「答えろ！　どうやって強くなった⁉」

「教えてほしいと？」

男は含み笑いだけを残した。

たったそれだけのことで、ヴェネットの顔が怒りに歪む。

当然であった。

エリート中のエリートたるヴェネットが、つい口走ってしまったとは言え、他人に強さの秘訣《ひけつ》を請《こ》うたのである。

若そうな外見にもかかわらず、男は老獪《ろうかい》なやり方でそれを咎《とが》めたのだ。

「……おのれ……！」

ヴェネットが、ぎりっと奥の歯を鳴らした。

「我ら『ユラル亜流剣術』の継承者が全力でかかれば、貴様など足元にも及ばぬ！　身をもって知れ！」

ヴェネットがなんの前触《まえぶ》れもなく、懐《ふところ》から真剣《しんけん》をすらりと抜いた。

磨き抜かれた広刃の剣《ブロードソード》である。

「ヴェ……ヴェネット！　なにを馬鹿なことを！」

フユナがぎょっとして、立ち上がろうとする。

だが間に合わない。

男を見ると、彼はただ左手をゆらりと持ち上げ、片合掌しただけだった。

「絶対に土下座させてやる、このゴミが――――！」

ヴェネットがひらめく広刃の剣《ブロードソード》を片手に、宙へと舞い上がる。

男へと差し込む陽光が陰《かげ》った。

フユナが確信する。

――この予備動作は紛《まぎ》れもない、【蝶舞斬り】。

【蝶舞斬り】は3つの方向から敵に一瞬で連撃を浴びせる『ユラル亜流剣術』の奥義である。

真剣での殺傷力は、この場の誰よりもフユナがわかっていた。

木刀などたやすく断ち切られ、受け切ることなどできるはずがない。

しかし男は、全く退く様子を見せない。

「だめだ！　死ぬぞ！　早く逃げ――――！」

「――フユナ！」

その時、男が他の声をかき消すほどの声量で怒鳴った。

その圧倒的な迫力に気圧《けお》されたフユナは、言葉を失う。

男はフユナに背を向けたまま、眼前で木刀を真一文字に構える。

そして、声高に叫んだのだ。

「――しかと見とけ！　これが『努力の剣』の強さだ！」

「――！」

フユナがはっと息を呑んだ。

「私に詫《わ》びろぉぉぉ――――【蝶舞斬り】！」

ヴェネットが宙で3連撃に入る。

男はそのヴェネットへと向けて跳躍し、自らぶつかりにいく。

そして、木刀を一閃《いっせん》した。

「――【我流・蝶舞斬り返し】」

「……なっ⁉」

フユナの目が見開かれた。

――バキィィン！

その瞬間、壮絶《そうぜつ》な金属の悲鳴があたりに響き渡った。

「……!?」

宙を舞うヴェネットが、自身の手の中の軽くなった剣を見やる。

その顔が驚愕に歪んでいく。

なんと真剣が柄《つか》のすぐ上から、無残に砕《くだ》け散っていたのだった。

「――継承者の【蝶舞切り】、恐るるに足らず」

「ぎゃあぁっ!?」

続く高速の連撃に、ヴェネットが宙で四方から打ちのめされる。

ヴェネットが胸から地に落ち、倒れ伏《ふ》した。

「……うぅ……」

ヴェネットが這いつくばりながら、顔だけを上げて男の方を見る。

地に降り立ったフードの男は相変わらずその手に木刀を持ち、腕を組んでいた。

「……な、なぜ……一体、何者……」

間違いなく、木刀が真剣を砕いていた。

いや、それだけではない。

男は、習うはずのない『ユラル亜流剣術』の【真髄・蝶舞斬り返し】を易々と成してみせた。

「……う、嘘だ……」

驚いていたのはヴェネットだけではなかった。

フユナも驚きを通り越《こ》して、血の気の引いた顔になっていた。

「……嘘だ嘘だ……！」

その頬を、汗が流れ落ちる。

なんという、凄《すさ》まじい剣。

今のが、今のが……本当に努力の剣……？

だとしたら、『持たざる者』が、『持つ者』を……。

「——お遊びはこれまでだ」

フードの男が、倒れたままのヴェネットに向けて、木刀をゆらりと構える。

「ひっ……！」

構えから放たれる圧倒的な威圧《いあつ》感に、ヴェネットが蒼白《そうはく》になる。

その剣はすでに存在感のない剣《バックグラウンドソード》ではなく、びりびりするほどの、黒々とした殺気を纏っていた。

「最初に相応の覚悟をしろと言っておいた。もちろんできているな？」

「……あふ……」

しかしあまりの恐怖《きょうふ》にか、男が木刀を振りかぶる前に、ヴェネットは白眼を剥《む》いて意識を失った。

第13話　エピローグ

「お、覚えてやがれ――！」

黒服の巨漢《きょかん》3人が泡《あわ》を吹《ふ》くヴェネットを抱《かか》えて去った後は、フユナとフードを被《かぶ》った謎《なぞ》の男だけがその場に残された。

そんな二人に、背後からそっと日が差し込《こ》む。

静かな風が二人の間を流れ、木々の梢《こずえ》がさわさわと音をたてている。

「……あ、あの！　ありがとうございました」

フユナは座り込んだままだった自分に気づき、慌《あわ》てて立ち上がると、男の背中に言う。

そこであれ？　とフユナは思う。

あれほどに重かった体が、嘘《うそ》のように動いていたのだ。

さっきのヴェネットから受けたダメージは一体どこへ消えたのか、フユナはわからなかった。

だが今の彼女《かのじょ》にとっては、それは些細《ささい》な問題だった。

フユナは男の背中を見つめ続ける。

「…………」

男は何も言わない。

外套《がいとう》の乱れを整えると、これ見よがしに歩き去っていこうとする。

「――あ、あの！」

それをフユナは呼び止めた。

男は足を止め、その言葉を待っていたかのように小さく振《ふ》り返る。

「どうして……どうして私の剣《けん》が『努力の剣』だと……？」

「………」

男は咳払《せきばら》いをすると、襟《えり》筋を正し、再び去っていこうとする。

まるで「求めていた質問とは違《ちが》う」と、その背中が語っているかのようであった。

「――ま、待って！　待ってください！　……あの……せめてお名前を！」

フユナが慌てて叫《さけ》ぶと、男がふたたび足を止め、フード越《ご》しに顔だけをフユナへ向ける。

その背中はフユナに、ソレだよソレ、と雄弁《ゆうべん》に語っているかのようであった。

「――私の名はノペーラ・チカ・ラモチャー」

「チカ……ラモチャー？」

フユナが瞬《まばた》きをする。

そのリアクションを見て、男は大きく咳払いをした。

「いや、正しくはチ・カラモ・チャー」

男は自分の名前を言い直した。

「で、ではチャー様と呼べば？」

「………」

言われてみて、背を向けたままの男はフードの奥《おく》で閉口した。

なにか心外だったかのごとく、そのまま押《お》し黙《だま》っている。

「チカ・ラモチャーに戻《もど》す」

やっと口を開いた男は、名前を戻していた。

「ラモチャー様……本当にありがとうございました……あの、こんなご恩を受けておいて差し出がましいのですが」

フユナが地の上で膝《ひざ》を折り、土下座した。

ブロンドの髪《かみ》が、地を撫《な》でる。

「どうか、この私を弟子《でし》にしていただけないでしょうか。なんでも……なんでも致《いた》しますから！」

「……顔を上げなさい」

「ラモチャー様。不躾《ぶしつけ》なのを承知でお願いしたいのです！　すぐにでなくても、あなたの弟子になる方法を教えてくだされば、それに向けて必死に努力して――！」

頭を下げたまま、懇願《こんがん》するフユナ。

「……ふむ」

ラモチャーがフユナに向き直り、ゆっくりと近づいてくる。

気づいたフユナが顔を上げ、頬《ほお》を紅潮させながら、じっと待つ。

「こんな顔だが、いいかな」

そう言って、男はフユナの目の前で、フードを背中に下ろした。

あらわになる顔。

「……ひっ⁉」

フユナが仰《の》け反って尻餅《しりもち》をついた。

その顔には、口しかなかった。

眉《まゆ》も目も鼻もない、のっぺらな顔。

「…………」

フユナは真っ青になり、そのままこてん、と倒《たお》れ、意識を失ってしまった。

◆　◆　◆

「……先輩《せんぱい》！　フユナ先輩！　大丈夫《だいじょうぶ》ですか！」

横たわっている少女を、黒髪《くろかみ》の小柄《こがら》な少年が必死に揺《ゆ》すっている。

「……ん……ここは」

少女フユナが静かに目を開ける。

「良かった……水を汲《く》んで帰ってきたら先輩が倒れてて……どうにかなってしまったのかと心配で心配で！」

フユナが目覚めたのを見て、少年サクヤは目元を拭《ぬぐ》って笑ってみせた。

しかし目元にも拭った手にも、雫《しずく》は欠片《かけら》も見当たらない。

もちろんフユナは、そんな細かい芝居《しばい》上のミスに気づくはずもなかった。

すでに心ここにあらず、だったからである。

「はっ⁉　ラモチャー様！」

フユナが思い出したようにがばっと上半身を起こし、あたりを見回した。

「くっ……私はなんと無礼なことを」

フユナは唇《くちびる》を噛《か》みながら立ち上がる。

「ど、どうしたんですか。突然《とつぜん》叫んで……」

「………………」

しかしフユナは遠くを見つめたまま、口を開かない。

「先輩、どうしたんですか」

「………………」

「先輩？」

三度《みたび》訊《たず》ねられて、やっとフユナは口を開いた。

「……いや、なんでもない」

フユナは遠くを見ている。

そのうちにぽっ、と頬を赤くした。

「……先輩？」

「お、お前に話すことじゃない」

フユナは胸に手を当てると、視線を先程《さきほど》のラモチャーが立っていた場所に移した。

彼女の脳裏《のうり》には、あの方の言葉がくっきりと焼きついている。

――しかと見とけ！　これが『努力の剣』の強さだ！――。

あの言葉を思い出しただけで、頬が熱くなり、フユナの胸が高鳴った。

「あれが、私と同じ……努力の剣……」

近くの少年に聞こえないように、フユナはそっと呟《つぶや》く。

フユナの心は、長い夜が明けたかのようだった。

それはまぎれもなく、自分の剣を、あの男が迷いようがないほどに肯定《こうてい》してくれたからだった。

フユナの剣は、長きにわたって負け続けていた。

それだけに彼女は自分の考えが本当に正しいのか、不安で不安でならなかったのだ。

（このままでいいのだ）

今までの自分は決して間違っていなかった。

進むべきは、この道でいいのだ。

（あれが自分の求めている最高峰《さいこうほう》……）

フユナは雲が去り、再び晴れ渡った空を見上げた。

日々の努力を積み重ねれば、いつかあの人のようになれるのだろうか。

「…………」

「――先輩、林檎《りんご》みたいに真っ赤ですよ？」

ぽわーんとしているフユナに、空気を読まない男、サクヤが斬《き》り込んだ。

「――う、うるさい！　お前には関係ない！」

「…………」

サクヤが顔をしかめて耳を押さえる。

耳元でフユナに怒鳴《どな》られて、耳がキーン、となったようだ。

「だいたいなんでお前は肝心《かんじん》な時にいなかった！　ヴェネットがここに来てたんだぞ！」

「ええぇ⁉　で、でも先輩が水を……」

「遅《おそ》すぎるだろう！　なんで水くらいでこんなにかかった」

「ですよねー」

「ですよねーじゃない！」

ぽかっと殴《なぐ》られたサクヤ。

「す、すみません！」

さらにもう一発を予想したサクヤが、頭を抱えて亀《かめ》のように丸くなる。

しかし追撃《ついげき》はなかった。

「せ……先輩？」

不思議に思ったサクヤが顔を上げる。

「……だが」

フユナは拳《こぶし》を宙に振り上げた姿勢のまま、遠くを見つめていた。

「ヴェネットには感謝しなければな」

「先輩?」

「わざわざ私の実力がまだまだだと教えに来てくれたようなものだ」

言いながら、フユナは足元に置かれていた木刀を手に取る。

「むしろ良かったと?」

フユナは木刀の切っ先を見つめながら、力強く頷《うなず》いた。

「ヴェネットの動きは想像以上に速かった。それを前提に鍛錬《たんれん》していかなければならなかったのに、私は自分ばかりが成長していると思っていたフシがあったようだ」

このまま『連合学園祭』を迎《むか》えていたらと思うと、ぞっとするとフユナは自嘲《じちょう》するように笑った。

「………」

そんなフユナの横顔を、サクヤは優《やさ》しげに見つめていた。

「……もっと磨《みが》きをかけなければ」

「ヴェネットなんかに負けている場合ではない、と言いたいんですね?」

「その通りだ。私の望む相手は」

フユナがぎっ、と木刀を握《にぎ》りしめた。

自分の望む相手は、ヴェネットよりさらに高みにいる、親友フィネス。

剣を合わせたいのは、彼女なのだ。

(大丈夫だ。もはや私に死角はない)

フユナはその顔に自信に満ちた笑《え》みを浮《う》かべた。

自分の剣の迷いを、あの方が取り去ってくださったのだから。

「先輩の言いたいことくらい、もうわかりますよ。あはは」

そんな決意の横で、ケラケラと笑うサクヤ。

その横顔を、フユナがぎろりと見た。

「そうか。なら協力してくれるな？」

「……え？」

サクヤが一転して青ざめる。

なにか、不吉《ふきつ》なものを感じ取ったのである。

「『連合学園祭』までの残り3ヶ月、倍以上に鍛錬するぞ！」

「えええ!?」

サクヤが血相を変えた。

「ええ、じゃない！　お前に人権はない！　さっそく今からだ！」

「ていうか、なんでそんなに笑顔なんですか！」

「うるさい！」

そう罵声《ばせい》を浴びせながらも、指摘《してき》の通り、フユナはとびっきりの笑顔を輝《かがや》かせていた。

あとがき

この度《たび》は当作品を手にとって下さり、ありがとうございます。

初めてお目にかかります、作者のポルカと申します。

ポルカは小説が好きな社会人でございまして、ある時読み専を脱《だつ》し、仕事の傍《かたわ》ら作品をネット上にアップし始めました。

が、処女作が入賞した以降は全くもって不人気で、5年が経ちました。

最後だァ！　と決めて書いた作品が見事にコケて、もう作家をやめようと泣き寝入《ねい》りしました。

でもやっぱり書きたくて、布団《ふとん》から出て『最後の最後』と決めて書いたのが、この作品『縁《えん》の下のチカラモチャー』になります。

この作品はかつてないレベルで方向性を変え、ギャグの色彩《しきさい》を入れた作品です。

今まではシリアス100パーセントの主人公しか書いてこなかったので、連載《れんさい》を始めてみたはいいものの、「この私が笑って頂ける作品なんて書き続けられるのか」と寝れないほどに本気で心配していた時期がありました。

……いや、案外書けたかもです。

しかしまさか書籍化《しょせき》、コミカライズまでお話を頂ける作品になるとは……。

ドラゴンノベルス様、本当にありがとうございます。

しかも書籍イラスト担当が、美麗《びれい》な絵で有名なあの桑島黎音《くわしまれいん》先生というお話を頂戴《ちょうだい》し、もう作者としては恐縮《きょうしゅく》しかありませんから。

さて、第一巻では学園入学後、フユナとともに行動し、学園生活を満喫《まんきつ》（？）していますね。もうおわかりの通り、主人公のサクヤはいつもおバカなことをやっていながらも、シリアスな場面ではカッコよく活躍《かつやく》してくれます。

この後は引き続き二人で『連合学園祭』に参加し、活躍します。

今回あまり出番のなかったフィネス、カルディエも『連合学園祭』で描《えが》かれることになりますので、ご期待されていた方、もう少々お待ち下さい。

またＷｅｂ版をすでにお読みになっている読者様におかれましては、書籍の方も購入《こうにゆう》くださり、感謝申し上げます。今後も第一巻同様に随所《ずいしょ》に『書き下ろし』が入る予定です。

お楽しみ頂ける作品に仕上げるようにしますので、これからもどうぞよろしくお願いいたします。

私も、桑島先生のイラストをさらに頂戴できるのが、心から楽しみでなりません。

最後に今回の出版に際してご尽力《じんりょく》を頂きましたドラゴンノベルス編集部の方々、とりわけ文章校正でお世話になりました担当のK様には心より感謝を申し上げます。

それでは皆様《みなさま》。またお会いしましょう！

ポルカ

本書は、カクヨムに掲載された「縁の下のチカラモチャー　～僕だけが知っているスキルツリーの先～」を加筆修正したものです。

DRAGON NOVELS
ドラゴンノベルス

縁の下のチカラモチャー
～魔王討伐したら若返ったので、学園で陰からサポートします～

2021年2月5日　初版発行

著　　者　ポルカ

発 行 者　青柳昌行

発　　行　株式会社 KADOKAWA
〒102-8177　東京都千代田区富士見 2-13-3
電話 0570-002-301（ナビダイヤル）

編　　集　ゲーム・企画書籍編集部

装　　丁　AFTERGLOW

D　T　P　株式会社スタジオ２０５

印 刷 所　大日本印刷株式会社

製 本 所　大日本印刷株式会社

DRAGON NOVELS ロゴデザイン　久留一郎デザイン室+YAZIRI

●お問い合わせ
https://www.kadokawa.co.jp/（「お問い合わせ」へお進みください）
※内容によっては、お答えできない場合があります。
※サポートは日本国内のみとさせていただきます。
※ Japanese text only

定価（または価格）はカバーに表示してあります。

ISBN978-4-04-073933-5　C0093